鴉ぴえろ

Illust. きさらぎゆり

聖女先生の魔法は進んでる！

1 落ちこぼれの教室

聖女先生の魔法は進んでる!

1 落ちこぼれの教室

CONTENTS

The saint teacher's
witchcraft
is progressive!

聖女先生の魔法は進んでる！1
落ちこぼれの教室

鴉ぴえろ

ファンタジア文庫

3379

口絵・本文イラスト　きさらぎゆり

聖女先生の魔法は進んでる！

1 落ちこぼれの教室

鴉ぴえろ

Illust. きさらぎゆり

オープニング

どこまでも青く、何者も阻まない空。地上に見えるもの全てを小さく見せるそれは、人がどれだけ小さな存在なのかを教えてくれるかのようだ。

「良い景色ですね、そう思いませんか？　トルテ」

「何でそんな暢気なんですか、ティア先生ィィイッ！」

すぐ後ろから叫び声が聞こえる。声を上げたのは、私の腰に腕を回してしがみついている青髪の少女。

彼女の名前は、トルテ。小柄であるものの、元気が溢れていて笑顔が絶えない子だ。だからこそ見ていて飽きない人だけれど、今はその元気な面影はない。声が震えていて、大きく感情が揺さぶられていることがよくわかる。

つまりは感動しているのだろう。私も同じ思いだと、同意を示すように頷いた。

「とても雄大で良い景色ですね。これならもっと早く、空を移動することを思いつくべきでした」

「そこじゃないです！　こんな状況で分かち合う余裕がある訳ないじゃないですか⁉」

「なにをそんなに怒ってるんですか、トルテ？」

「この移動方法があり得ないから怒ってるんでしょうがぁあああッ！」

　喉よ嗄れろと言わんばかりにトルテが吼える。元気なことは良いけれど、耳元で大きな声を出されるのは困ったものだ。

　彼女を落ち着かせるべく、私は冷静であろうと努めながら声をかけた。

「トルテ、そんなに怒鳴っていたら疲れますよ？　まずは落ち着きましょう。ほら、こんなにも空気が美味しいじゃないですか」

「落ち着ける訳ありません！　空の上ですよ、空の上！　凄く高いんですよ！　落ちたら絶対に死ぬ高さなんですよ⁉」

「落ちませんし、仮に落ちても死なせませんよ。私がいますから」

「無茶苦茶なことを……！」

　はて、どうしてここまでトルテが怒るのか。彼女が何かと私に対して怒るのはいつものことだけど、まだ相互理解が足りていないのだろうか。

「いいですか、トルテ。無茶苦茶と貴方は言いますが、実際に出来るのですから何も心配は要りません。安心してください」

「いいですか、じゃない！　別に先生を疑ってる訳じゃないんですけど！　こんなバカげた状況をあっさり呑み込める訳ないじゃないですか！　私たちが今、移動に使っているコレは何なのか言ってみてください！」

「〝亜竜〟ですね」

「あっさり答えないでくださいよぉおおおおッ！」

質問されたから答えたのに怒られるとはこれ如何に。あとトルテ、背中に頭突きをするのは止めて、流石に痛いから。

トルテの叫び声に触発されたのか、下の亜竜が不愉快だと言わんばかりに吼えた。

亜竜はドラゴンの中でも小型と言われているが、人が三、四人は乗っても問題ない大きさはある。

私たちはその首元に乗っている。トルテの叫び声が気に障ったのか、安定していた飛行がふらふらと揺れるようになり、トルテのしがみつく力が更に強くなる。

「ひぇ!?　揺れ、揺れてる！　これ絶対に私たちを振り落とすつもりですよ！」

「トルテが叫ぶから怒っちゃったじゃないですか」

「最初に怒らせたのは先生ですが!?　しかも、その怒らせた後で叩き伏せて乗り物にしてるのも意味がわからないんですけど!?」

「丁度良く姿を見せてくれて助かりましたね」

急ぎで遠出をしなければならなくて、どうしたものかと思っていた時に亜竜(レッサードラゴン)が現れたのは女神の采配だったのかもしれない。

心の中で神への感謝を唱えていると、まだぷりぷりと怒りながらトルテが背中に頭突きをしてくる。

「何でそんな悠長に構えてるんですか⁉　いいですか、先生！　亜竜(レッサードラゴン)はドラゴンの中で弱いと言われていますが、それでも実力のある冒険者が複数で挑むモンスターなんですよ⁉　世間の常識ですよ⁉」

「私は一人で倒せますが？」

「だから非常識だって言ってるんですよ……！」

「非常識と言われようとも、私は一人で倒せるのでそれが私の常識なんですよ。大丈夫、トルテも頑張れば私のように亜竜(レッサードラゴン)を懐(なつ)かせられますよ」

「本気で言ってるんですか⁉　自分が半分人族を辞めてるようなものだって自覚がない⁉これは先生に怯(おび)えて服従してるだけですよ！　懐いてない、懐いてないから‼」

「そうなんですか？　亜竜(レッサードラゴン)くん」

問いかけるように首を撫(な)でると、吼えるのを止めて大人しくなった。

安定して飛ぶようになった姿を見て、私は満足げに頷く。

「ほら、言うことを聞いてくれて可愛いじゃないですか」

「怖い……相変わらず意味がわからない、この人……！」

「トルテ、怖いと思う自分と向き合うことは大変ですが、思い切って難しいことに挑戦してみるのも若者の特権ですよ？」

「若者って、先生は私と四つしか違わないじゃないですか……」

すっかりふて腐れたように呟いていたトルテ、私は思わず苦笑を浮かべてしまう。

実際、私と彼女は四歳しか離れていない。それなのに私が先生と呼ばれていいものなのかと葛藤はあるけれど、それでも彼女の先生になるのだと決めている。

この関係は、トルテが私を先生と呼び続ける限り継続するつもりだから。

「四年分の経験は大きいものですよ」

「いや、先生の四年と一般人の四年の重みは絶対に違うから！」

「光栄な話ですね」

「褒めてないけど⁉　あぁ、もう……はぁぁぁ……」

トルテは私の背中に頭をくっつけてぐりぐりしてくる。無駄な力を使うと疲れてしまうので少し心配だ。空の旅はまだまだ続くのだから。

そんなことを考えていると、ふと思い出したようにトルテが質問をしてきた。

「そもそも、私たちってどこに向かってるんですか？　用事があるとしか聞いてないんですけど」

「詳しくは説明していませんでしたね、急ぎでしたので失念していました。実は、昔の友人から手紙が届いたんです」

「えっ⁉　先生に……友達がいたんですか⁉　本当に⁉」

「トルテ、まるで私が友達いない人みたいに言わないでください」

「す、すいません……そうですよね、幾ら非常識の塊で、こちらの常識を問答無用で破壊してくるようなとんでもない先生でも人族であることには変わりないですし。あれ？　先生ってちゃんと人族ですよね？」

「トルテ、何故(なぜ)流れるように私が人族なのかどうかを疑いましたか？」

「ごほんごほん！　いやぁ、先生にもちゃんと友達がいたんだなぁ！　良かったなぁ！」

「友人といっても今はその一人だけですし、数年前に喧嘩(けんか)してそれ以来ですけど」

正直、手紙に書かれていた名前を見て驚いた。その友人とは喧嘩した時に絶縁に近いことを言われたし。それから三年程、連絡を取っていなかった。

でも、私に連絡をくれたことは嬉(うれ)しい。たとえ内容がどんなものであったとしても。

「……それ、友達って呼んでいいんですか？」

「私は今でも友達だと思ってますから」

「あ、はい。いつものですね。わかりました」

「トルテはわからないことはわからないと言えて、その後すぐにちゃんと理解してくれるので良い生徒ですね」

「……誰のせいだと思ってるんですか」

私がそう言うと、トルテが強めに背中に頭突きをしてきた。ちょっと痛い。

亜竜（レッサードラゴン）の背に乗っている以上、密着せざるを得ない訳だけど、何度も攻撃されてしまうと流石に困る。

「先生！　私、相手が理解するまでごり押しするのって良くないと思うんですよ！」

「そうですね、話し合いは大事だと思います」

「だったら私の話を聞いて欲しい……！　先生は自分がどれだけ規格外なのか理解しないとダメですよ！」

「私もまだ修行中の身ですので、自分に慢心することは出来ませんよ。まだまだ修行あるのみです」

褒められるのは嬉しいことだ。でも、まだまだ私の理想には遠い。

だから、トルテの賞賛を受け取るには早いと思っている。すると、トルテは深々と溜息(ためいき)を吐(つ)いた。まるで何かを諦めたかのようだ。

「あー、はいはい。わかりました、わかりました！　話を戻しましょう！　それで友達に手紙を貰(もら)ったって話でしたよね？　どんな内容だったんですか？」

「王都に来て欲しいという手紙でした。私にとっても、ぜひ受けたい話だったので、急ぐ必要があったんです」

「……王都？　えっ？　ちょっと待ってください！　先生、私たちは王都に向かっているんですか⁉」

トルテが今日一番驚いたというように声を荒らげた。そう言えば、トルテは私が拾ってから辺境で暮らしていたのだと思い至る。

王都なんて話でしか聞いたことがない筈(はず)だ。それでもしかしたら興奮してしまったのかもしれない。そう思えば可愛いものだ。

「私たち、亜竜(レッサードラゴン)で王都に向かってるんですか⁉」

「ええ、そうですよ」

「それって絶対に問題になりますよね⁉　王都にモンスターで飛んでいくなんて誰もやりませんよ⁉　何でそんなに落ち着いてるんですか⁉　先生はバカなんですか⁉」

またトルテが可愛らしく怒り始めてしまった。これは、もしや王都に行けるということに感動していた訳ではなかったのかもしれない。

「馬だと間に合わないので仕方ないじゃないですか」

「馬がダメなら亜竜（レッサードラゴン）って選択肢が出てくるのが先生らしいけれど、そこで先生らしさを発揮して欲しくなかった……！」

「行商人に馬を借りることも考えましたが、それでもギリギリ間に合いませんし、行商人も馬がなくては困るでしょう。それなら空から行こうと思い至ったのです。丁度良く亜竜（レッサードラゴン）が通りかかって助かりました」

「何で、もっと早く手紙が届かなかったの……！　あぁ、辺境住まいが憎い……！」

「辺境は確かに不便ですけど、良（い）いところもありますよ」

「先生、自分が住んでいるところがどんな人外魔境かご存じですよね⁉」

「当然、知っていますが？」

「くっ……！　トルテ、もうわかってるじゃないですか……！　この人は頭とか常識がおかしいんだって……！　はぁ……それで、王都に行く理由はなんなんですか？」

「迎えに行くんですよ」

「迎え？」

「ええ。トルテ、貴方の同輩になる〝聖女候補〟たちを、です」

「……先生、王都の聖女の事情とか何か知っていますか？　先に知っておいた方が絶対にいいと思うので」

「お友達になるかもしれない子たちが気になりますか？　なら、復習も兼ねておさらいをしましょうか」

私たちが住んでいる国は、グランノア聖国。

世界を創造した創世の女神と、女神の創世を助けた子たる神々を信仰している国だ。

創世の女神は子たる神々と力を合わせてこの世界を作り出し、人族を生み出した。

人族は長らく神の庇護を受けて平和を享受していたが、混沌を司り、この世界を破壊しようとした邪神との戦いが勃発した。

女神は子たる神々と共に立ち向かった。長き戦いの末に邪神は打ち倒されたが、世界には大きな傷跡が残り、子たる神々は砕け散ってしまった。

生き残った女神もまた自らを砕いて、人族に後を託して消えた。こうして神代は終わりを迎えて、人族の時代が始まったのである。

聖女とは、創世の女神の力を授かった女性たちのことを指し示す。伝承に語られる女神の力を授かり、この世界で最も尊い存在と言われている。

「これは以前、授業で教えましたね」

「はい。聖女は邪神が世界に残した世界の歪みを浄化して、世界があるべき正しい流れに戻す役割を授かったんですよね？」

「えぇ、だからこそ聖女は今でも女神の寵児として愛されている訳ですね」

女神の力を持って生まれた少女たちを聖国は大事に扱う。その一環が信仰と教育を司る教会によって執り行われている充実した教育制度だ。

「聖女は才能を見いだされると、教会で教育を受けることになります。教会は聖女候補の他にも貴族の子息や、才能を見いだされた平民の子供を預かり、国の将来を担う人材として育てています。ですが、やはりその中でも聖女の教育には熱心で、どこに出しても恥ずかしくない才女となるように育て上げるのです」

「……うわぁ、一気に仲良く出来る自信がなくなりました。それってつまりお嬢様みたいなものってことですよね？」

「貴方もどこに出しても恥ずかしくない教え子だと思っていますよ」

「先生にそう言って貰えるのは光栄ですけど、絶対評価基準が違うと思うんですよね！話を聞いてると、王都で育った聖女候補は私たちが住んでる辺境に来てくれるとは思えないんですけど……」

「まぁ、色々あって教会の方針も変わりましたからね」

「方針、ですか？」

「それはまた今度説明しましょう。トルテの言う通り、王都で育った普通の聖女であれば辺境には来てくれない筈です」

「じゃあ、どうして先生は王都に……？」

「私に手紙を送った友人からの頼みなんです。今の教会の方針とは合わない聖女候補たちがいて、その子たちを辺境に引き取ってくれないかと」

「……それってつまり、問題児ってことじゃないですか？」

トルテが私を抱きしめる力を強めて、不安そうな声で問いかけてくる。

問題児。そう言われると否定は出来ないのが痛いところだ。

「そうですね。実際に手紙にもそう書いてありました」

「ええ〜……？　大丈夫なんですか、それ」

「むしろ、問題があるからこそ大丈夫だと思っています。実際に顔を合わせてみないと、確信には至れないですけど」

「……まぁ、先生は問題児の筆頭ですしね」

「私は品行方正な聖女ですが？」

「それは先生の基準であって、世間一般の基準じゃないって言ってるじゃないですか！」

「トルテ、そんなに怒ってばかりで疲れませんか？」

「誰が疲れさせてると思ってるんですか!?　はぁ、もういいです！」

トルテは私と話すのが疲れた、と言わんばかりにぐりぐり頭を背中に押しつける。

これ以上刺激すると、更にトルテを怒らせるだけなので声をかけるのを止めた。

(それにしても、手紙が届いた時は流石に私も驚きました)

トルテが黙ったタイミングで、私は友人から届いた手紙の序文を思い返す。

『かつての友　ティア・パーソンへ

この手紙を読んでいるということは、まだ貴方は無事に生きているということね。とても残念に思うわ。貴方がまだ見果てぬ理想を追いかけているというのなら、この手紙を読み進めなさい。

貴方も知っての通り、教会で育成されている聖女候補の教育課程が終わって、それぞれ将来の任地に送られて修行することになる時期が迫っているわ。

もしも貴方が望むのなら、〝貴方の後継〟となる生徒たちを引き取りに来なさい。貴方に預けるのにはうってつけ、〝今の教会〟にとって相応しくない聖女候補がいるの。

この手紙が届くのにも時間がかかるような辺境にしか送れない〝問題児〟たちよ。

こちらとしても問題を起こされる前に消えてくれるのがいい。それを知っても引き取るつもりがあるならすぐに王都に来なさい。そして、私を失望させてみなさい。

それが、かつて貴方を友と呼んだ私の心からの願いよ。』


「……相変わらず素直じゃないですね」

くす、と。思わず笑ってしまうのは手紙を送った友人らしいと思ったから。

素直じゃないのは昔から。相変わらずの捻くれっぷりに懐かしさを覚えてしまう。

けれど、彼女は友誼を確かめるために手紙を送った訳ではない。それこそ、これは私を利用するための布石だとさえ思っている。

「それでも構わないですよ」

私は私の進む道を譲らない。

ただ進む。その覚悟はとうの昔に決めているのだから。

――〝辺境に追放された異端の聖女〟。誰もが私のことをそう呼ぼうとも。

ティア・パーソン
3人の教え子を導く聖女先生。
聖女の魔法を組み合わせることで、
攻撃/サポート/防御/生活の
すべてを一人で行う異端児。
だが、行動も規格外なので、いつも
トルテからツッコミを受けている。
トルテ・パーソン
ティアの最初の弟子。
基本は大人しいが、表情は豊か。
辺境で一人でいたところを拾われ、
2年間家族同然に暮らしていた。
一見常識人だが、ティアの影響がみられる。
《祝福(ブレス)》の才能を持つ。

第一章　邂逅（かいこう）

グランノア聖国王都〝エリステル〟。

世界で最も美しい都市とも言われているそれは、評判に違（たが）わぬ景観をしている。

大きな円の中に三つの小さな円を描くように城壁が築かれており、大きな円の外には畑が広がっている。

三つの円を描いている城壁の間には大きな川が通されており、その上に架けられた橋は多くの馬車が行き交い、人々が賑（にぎ）わっているのがよく見える。

円の内側にある街並みは、円ごとにそれぞれ異なっている。住んでいる人たちの階級層が分かれていることが一目でわかる程に。

何よりも目を引くのが、他の建物とは比較にならない程の大きさを持つ二つの建物だ。

一つは王城である〝エリステル城〟。城壁にも負けず劣らず無骨な建物であれど、決して美しさを失わぬ見事な白き城だ。

そしてもう一つ、王城から離れた位置に、荘厳（そうごん）で美しい教会がある。

その教会の名前は〝聖エリステル教会〟。こちらは王城の無骨さとは真逆の洗練された華やかさを感じられる。

どちらも王都の名前を冠しており、王都の観光名所としても知られていた。久しぶりに目にする威容に懐かしい感動を覚えていると、トルテが初々しい反応で王都の街並みに目を奪われていた。

「うわぁあああー！　空から見ても凄く大きくて綺麗ですね、先生！」

「聖国の顔とも言うべき街ですからね。相変わらず何から何まで立派です」

「この景色を見られただけで来て良かったです！」

私もこの反応を見ることが出来ただけでも、トルテを連れてきて良かったと思う。

暫し王都の景色に感嘆の息を零していたトルテだったけれど、不意に何かを思い出したように私の裾を引いた。

「それで、先生？」

「何でしょうか、トルテ」

「ここからどうするんですか？」

「どうする、とは？」

「いや、教会に、行くんですよね……？」

何故(なぜ)かトルテの声には段々と不安が混じってきているようだ。初めて来る街で緊張してきたのだろうか？

　そんな彼女に向けて、私は安心させるように声をかける。

「大丈夫ですよ、トルテ。私の教え子ということで不躾(ぶしつけ)な目で見られることはあると思いますが、直接手を出してくるような人たちはいないでしょうから」

「いや、そういう話じゃなくてですね？　まさかとは思うんですけど、このまま直行しようとか考えてませんよね？　あはは、幾ら先生でもそこまで非常識じゃないですよね？」

「いえ、このまま真っ直ぐ(まっすぐ)向かいますが？　それが一番手っ取り早いですよね？」

「常識ぃいいいいいいっ‼」

　またもやトルテが耳元で叫んだ。耳がキンキンとして、思わず顔を顰(しか)めてしまう。

「騒がしいですよ、トルテ。もしや疲れてますか？」

「私を疲れさせてるのは先生ですよ！　というか、バカですか？　バカなんですよね⁉　先生は自分が何に乗ってるのかわかってますよね⁉　馬とかじゃないんですよ⁉」

「馬と亜竜(レッサードラゴン)を見間違える程、私の視力が悪いとでも？」

「そうじゃな――いっ‼　王都には聖女が結界を張ってますよね⁉　結界にはモンスターを弾く効果があるんですよ⁉　このまま王都に入れる訳ないじゃないですか⁉」

トルテがギャンギャンと叫ぶと、亜竜（レッサードラゴン）くんも不安そうにこっちを見てくる。

私は大丈夫だと告げるように首を撫（な）でてあげながら、トルテに向けて口を開いた。

「問題ありませんよ。結界なら私がどうにか出来ますから。ほら、大分遅れてしまってますし、急ぎましょう」

「何でそんな平然としてるんです⁉　ほら、亜竜（レッサードラゴン）だって全力で拒否してますよ⁉」

同調するように亜竜（レッサードラゴン）くんが左右に振っていた首を縦に振る。いつの間にか意思疎通が出来るようになっていたことに驚くも、心を込めて伝えれば私の思いだって届く筈（はず）だ。

「亜竜（レッサードラゴン）くん、大丈夫ですよ。それとも、私の言うことが聞けないんですか？」

「脅すなんてこの人、最低だァ――ッ‼」

「いいから行きますよ、亜竜（レッサードラゴン）くん。わかっていますね？」

私が優しく語りかけると、軽く震えた後に了承するように吼（ほ）えてくれた。

ええ、これは間違いなく了承の返事でしょう、恐らく。なんだかやけくそと言わんばかりに降下を始めたような気もするけれど。

段々と王都に迫っていく中、トルテが私を強く抱きしめながら叫んだ。

「うわぁ――！　結界にぶつかるーっ！」

「問題ありませんって」

流石の亜竜（レッサードラゴン）くんも王都の結界に直接ぶつかれば痛い思いをしてしまう。
だから無理矢理通り抜ける気なんてない。手を掲げて、結界へと向ける。ぶつかる直前、私は干渉を始めた。

とても強くしなやかで隙のない結界だ。これを展開している者の優秀さを感じて、笑みが浮かんでしまう。この見事な芸術を壊すのも勿体（もったい）ない。故に、優しく撫でるように結界に自分の力を合わせる。

ゆらり、と結界が水面に水滴を落としたように揺らめく。その揺らめきに身を投じて、私たちは結界をすり抜けた。

亜竜（レッサードラゴン）くんはぎゅっと閉じていた目を開いて、困惑するように翼をはためかせる。揺れるので落ち着かせようと首を撫でていると、トルテが声を上げた。

「……何も、起きなかった？」

「ほら、問題なかったでしょう？」

「いや、一体何をどうしたんですか……？」

「ちょっと結界に干渉してすり抜けさせて貰（もら）っただけですよ」

「いや、本当にあり得ないんですけど……！　何で他の人が張った結界に干渉した挙げ句、あんなに綺麗にすり抜けられるんですか⁉」

「修行の賜です。その内、トルテにも出来るようになりますよ」

「先生！　私は先生と違って普通の人間です⁉」

どうして私が普通の人間じゃないことが前提なのか。解せない。

飛んでも問題ないことを確認したのか、亜竜くんは空を滑るように進んでいく。

すると、下から何やら声が聞こえてきた。どうやら私たちの存在に気付いたようだ。

「うわ……なんか悲鳴が聞こえる……気のせいだと思いたい……！」

「あそこにある教会の広場に着陸すると良さそうですね、あそこに向かってください」

「本当にマイペースですね、先生⁉　これ、絶対に怒られますよ⁉」

「大丈夫ですよ、トルテ。元から教会の総本山にいる人たちからは嫌われていますから」

「それは先生が無茶苦茶なことばっかりしてるから嫌われているだけだし、むしろもっと怒られるのでは⁉」

「別に怒られたところで何も変わりません。私を直接どうにかするつもりならもうやってますし」

「先生！　本当、何をやったんです⁉」

それはまぁ、色々と？

そんな会話をしていると、目的の場所へと亜竜くんが着陸する。

降り立ったのは教会の敷地(しきち)にある中庭。開けた場所に降り立つと、トルテが力なく地面に膝をついて崩れ落ちる。

「うぅ……久しぶりの地面……妙に落ち着く……ささくれ立った心が少しだけ和む……」

「便利でしたね、亜竜(レッサードラゴン)くん。今後のために飼いましょうか」

「亜竜(レッサードラゴン)を家畜扱い出来るの、先生ぐらいですよ!?」

ここまで飛んでくれたことを労(ねぎら)うように亜竜(レッサードラゴン)くんを撫でていると、トルテが呆(あき)れたように叫ぶ。

トルテを落ち着かせようと口を開こうとしたけれど、それよりも先に別の方向から声が聞こえてきた。

「な、何なのよ！　アンタたちは！」

声を上げたのは、聖女の装束を身に纏(まと)った少女だった。

見た感じ、随分と勝ち気そうだ。ツインテールに結んだ赤髪を揺らしながら、こちらに指を向けてわなわなと震えている。

赤髪の少女に対して亜竜(レッサードラゴン)くんが反応しそうになったので、結界で包み込む。これで暴れ出しても問題はない。結界で覆われた亜竜(レッサードラゴン)くんは爪で結界を突くと、ふて腐れたように項垂(うなだ)れてしまった。

「どうして亜竜が王都にいるのよ⁉　結界はどうしたの⁉　そもそも！　亜竜に乗ってきたの⁉　アンタたちは一体何者よ⁉」

「す、凄く真っ当なツッコミ！　わかります、とても気持ちがわかりますよ‼　こんなの絶対におかしいですよね⁉　私、間違ってませんよね⁉」

「何で問い質されてる側なのに私に同調してんのよ⁉」

何やらトルテは感動して、今にも赤髪の少女に抱きつかんばかりの勢いだ。それにしても人に対しておかしいと連呼するのはどうかと思う。

さて、問われたならば答えなければ失礼だ。軽く咳払いをしてから私は口を開いた。

「私たちが一体何者なのか、ですか。私はティア・パーソンと申します。聖女の末席に名を連ねています。こちらはトルテ、私の教え子です。以後、よろしく」

「は？　聖女？　アンタたちが？　冗談にしては笑えないんだけど……？」

「どうして冗談だと思われるのですか？　私はどこからどう見ても聖女ですよね？」

心底不思議そうに首を傾げると、赤髪の少女にジト目で睨まれてしまった。

はて？　何故なのか。

「不思議そうな顔をしてるけれど、それはアンタが何から何までおかしいからよ⁉　自覚がないの⁉」

「私はごく普通の聖女です。それ以上でもそれ以下でもありませんよ」

「何がどう普通なの⁉　な、何なのよこいつ！」

戸惑ったように一歩引きながら、私を警戒するように睨んでくる赤髪の少女。

どうしたものか、と思っていると、トルテが何度も強く頷いていることに気付いた。

「そうですよ、おかしいですよね！　先生がいつも堂々としているせいで、私が間違ってるんじゃないかと思う時もあったんですけど、やっぱり先生がおかしいんですよね⁉」

「自分の先生をおかしいって言われて喜んでる教え子もどうなのよ⁉」

本当にその通りだ、もっと私への扱いを適切なものにして欲しいものである。

「ところで、赤髪のお嬢さん。そちらに隠れているのはご友人でしょうか？」

一つ、気になっていたことを赤髪の少女へと問いかける。ここには彼女の他にも気配があったのだけど、出てくる様子がなかった。

だから確認のために聞いてみると、赤髪の少女が憤慨したように気配が隠れている方へと視線を向けた。

「こら、アンジェリーナ！　アンタ、まさか私を置いて逃げようとしているんじゃないでしょうね⁉」

「……そんなつもりはありませんでしたよ、エミーリエ」

弁明をしながらも姿を見せたのは、金髪の少女だ。

髪をハーフアップに纏めており、見た目だけで良家のお嬢様であることを窺わせる気品に満ちている。勝ち気で賑やかなエミーリエに比べると、対照的とさえ言えた。

ところで、二人の名前を聞いて私は首を傾げることとなった。

「突然失礼ですが、貴方たちの名前はエミーリエとアンジェリーナですか？」

「……何？　私たちの名前がどうしたっていうのよ？」

「何故、そのようなことを聞いてくるのですか？」

名前を問うと、エミーリエは目を細めて睨んできた。

アンジェリーナもまた静かにこちらを見つめているが、明らかに身構えている。

警戒している二人に肩を竦めてしまう。これは中々に厄介そうだ。

「その格好を見るに、貴方たちは聖女候補で間違いありませんよね？」

「はん！　だったら何よ？」

「いえ、丁度貴方たちに会いに来たので都合が良いなと」

「はぁ？」

一体どういうことだ、と言わんばかりにエミーリエが不機嫌そうな声を漏らす。

説明するために口を開こうとすると、それよりも先に声が聞こえてきた。

「――これは一体、何の騒ぎでしょうか？」

それはとても厳かな声だった。自然と背筋が伸びてしまうような鋭い声を発したのは、立派な装束を纏った女性。

年齢は私と同じぐらい。眼鏡をかけた厳しそうな雰囲気で、明るい色の茶髪を編み込んで纏めており、見るからにキツそうな印象を与えている。

そんな彼女の側に控えるように聖女の装束を纏った女性や、身なりの良い壮年の男性がいる。彼等(かれら)は一様に私を強く睨み付けている。

そんな彼等の気配に圧倒されたのか、トルテが私の背中に隠れた。

「せ、先生……！　なんか凄(すご)く偉そうな人たちが来ましたよ……！」

「鋭いですね、トルテ。彼女はとても偉い方ですよ」

「えっ⁉」

「こうして顔を合わせるのは久しぶりね、レイナ」

「私たちは、気安く名前を呼び合う間柄ではない筈ですが？　ティア・パーソン司祭卿(きょう)。改めて問います、この騒ぎは一体何事ですか？」

「見ての通り」

「それがわからないから私がここに来たのだと理解出来ないのですか？」

私が気軽に挨拶をしても、レイナの表情は変わらず、声も冷たい。まるで感情を読み取ることが出来ない。

そうして私たちが見つめ合っていると、レイナの取り巻きたちが口を開いた。

「貴様！　モンスターを連れて王都に侵入するなど、一体何を考えているのだ！」

「王都の結界はどうしたのですか⁉　まさか、その亜竜(レッサードラゴン)を王都に入れるために破壊したのではないでしょうね⁉」

「ご安心を。この亜竜(レッサードラゴン)は私が管理下に置いております。こちらにお伺いするための移動手段として利用したまでで、結界もただすり抜けただけで破壊などしていませんよ」

「結界をすり抜けるだと⁉　そんなことが出来るものか！」

「異端の聖女め！　何を企(たくら)んで辺境からやってきたのだ！」

私がどれだけ丁重に説明しても、取り巻きたちは納得がいかないのかギャンギャンと吼(ほ)え始めている。

トルテに吼えられるのは気に障(さわ)らないのだけれど、彼等の声は聞いていると気分が悪くなる。まぁ、ここで文句を言えば更に罵声が酷(ひど)くなるんだろうけど。

それなら彼等の気が済むまで黙っていた方が健全だし、楽だ。

「は？　亜竜(レッサードラゴン)を馬代わりに使ったってこと……？　頭おかしいんじゃないの？」

「ですよね！　やっぱりそう思いますよね！」

「だから、さっきから何でアンタは私に同意してるのよ！　アンタの先生でしょうが！」

いつの間にか、トルテはエミーリエと気安そうに話し合っていた。案外、仲良くなるのが早いものね。

彼女たちのやり取りに微笑ましさを感じていると、取り巻きたちを黙らせるようにレイナが手を上げた。そして私を静かに見据えたまま、その口を開く。

「貴方は、まだ諦めていないんですか？」

「私は聖女として、この世界を守らなければならない義務があるから」

「その世迷い言も健在ね。貴方に賛同する人間がどれだけいると思っているの？」

「認められる、認められないの問題じゃない。私はただ聖女であることを貫き通すと決めているだけ。それは貴方も知っていることでしょう？　レイナ」

「……相変わらずね、その立ち振る舞いは死んでも直らないのでしょう。異端故に追放された聖女らしいと言えばその通りですが」

「心配してくれてる？」

「これが心配しているように見えるのですか？」

「見えるって言ったら怒りそう」

「もう怒ってると言ったらどうしますか？」

「用件をさっさと終わらせて辺境に戻るから、溜飲を下げて貰えない？」

軽く肩を竦めてみせながら言うと、レイナは目を閉じてから眉間に指を添えた。

「……もういいです。貴方と話していると疲れるわ。用件はあの手紙についてかしら？」

「ええ、私の後継者になり得る子を引き取ろうと思ってわざわざ王都まで来たの」

私がそう告げると、レイナはゆっくりと目を開く。

暫し、無言で彼女と見つめ合う。すると再び取り巻きたちが口を開き、唾を飛ばす勢いで私を罵り始めた。

「まさか！　お前のような者に大事な聖女たちを預けるなどと！」

「後任など必要なのかしら？　所詮は碌に人も住めぬような辺境ではありませんか！」

「その通りだ！　そんな場所にしがみついてでも自分の地位が惜しいのか！」

「人も住めぬような辺境に聖女は不要だ！　お前のような異端者でもない限りな！　そんな異端者などに誰が付いて……！」

「――お黙りなさい」

どんどんと熱狂していく取り巻きの罵倒を止めたのは、他ならぬレイナだった。

冷たい視線が私から取り巻きに移ると、彼等は静かに息を呑む。

彼等が静かになったことを確認してから、レイナは私へと視線を戻す。その目にはどうしようもない程に呆れの色が浮かんでいた。

「貴方が聖女に名を連ねている以上、教育をする権利は存在します。しかし、貴方のような異端者に教えを受けて喜ぶような生徒などいないでしょうね」

「聖女の着任は、本人よりも教会の意思が優先される筈だけど？」

「忌々しいまでによく回る口ね。……まぁ、良いでしょう。私の名で承認しておきます。それで話は終わりですね」

「レ、レイナ様⁉」

「そんな、よろしいのですか⁉」

「貴方たちは何故そんなにも騒ぐのですか？　私の決定に何か不服でも？」

「い、いえ……」

「け、決してそのようなことは……」

私に対してはあれだけ熱くなっていたというのに、レイナに咎められた途端にあんなに冷えてしまう。それだけ彼女は恐れられているのだろう。

レイナの冷たい態度にトルテが小さく震えているのに気付いた。これは話を早く切り上げた方が良さそうだ。

「レイナ、ありがとう」

「礼など言われる筋合いはないわ。まずは身の程を弁えることね、パーソン司祭卿。王都は貴方がいる辺境とは違うのだから」

言いたいことは言い切った、と。そう言わんばかりにレイナは去っていった。

そんな彼女の後を取り巻きたちが慌てたように追いかけていく。何人かは忌々しそうに私を睨んでいったけれど、結局何も言わずにいなくなっていた。

それを見送って、そっと息を吐く。まったく、疲れる相手だったわ。

「……あの、先生？　あのレイナって人は凄く偉い人ですよね……？」

「そうですよ、トルテ。彼女は聖女たちの頂点に立って、筆頭を名乗ることが許されています」

この国は王家を頂点として、王家に忠誠を誓う貴族たちによって統治されている。貴族には三つの役職があり、これに任命されることで貴族の身分を手に入れられる。

三つの役職とは、〝官吏〟、〝騎士〟、〝司祭〟である。

官吏とは、王家から預けられた領地の管理者。

騎士とは、王国を守る使命を与えられた戦士。

司祭とは、神の教えを施すことが出来る指導者。

ちなみに、聖女は教会で施される基礎教育を終えれば自動的に司祭の資格を得る。この国では聖女に生まれるだけで貴族になることが約束されているのだ。

「へぇ、本当に凄い人なんですね。でも先生、めちゃくちゃ嫌われてましたよね？」

「ええ、先に嫌われてるって言ってたじゃないですか？」

「……はぁ、もうなんか辺境に帰りたくなってきたなぁ」

トルテは遠い目になってからぽつりと呟いた。無理もないか。レイナは見ての通り怖い人だし。気疲れを起こしても仕方ない。

そんなことを考えていると、何故かアンジェリーナに見つめられているのに気付いた。

彼女に視線を返しながら問いかけてみる。

「私の顔に何か付いているでしょうか？」

「一つ尋ねたいことがありまして。貴方が、〝あの〟ティア・パーソンなんですか？」

「アンジェ？　その変人のこと、知ってるの？」

私の名前を確認してくるアンジェリーナに、エミーリエが不思議そうに首を傾げた。

アンジェリーナは私から視線を逸らさないまま、その疑問に対して答えを口にした。

「彼女は四年前、歴代で最も優秀な聖女として名を残した有名人ですよ」

「はぁ？　こいつが⁉」

「まさか、そんな⁉　先生がそんな真っ当な評価を受けている筈がありません！」

「何故そんなにも力強く否定するんですか、トルテ」

「そのように評価されても仕方ないのではありませんか？　貴方は最も優秀な聖女であるという評価を受けた一年後に、最も異端な聖女として追放も同然に王都から追い出されたのですから」

「よく知っていますね、アンジェリーナさん」

「……有名ですから」

「えっ、先生⁉　それって全部本当の話なんですか⁉」

「事実ですよ」

「嘘だって言いたいけど、否定出来る要素もない⁉　う、うぅ……！　呑み込めない現実に頭が……！」

「大丈夫なの、アンタ……？」

頭を抱えて呻いているトルテに向けて、エミーリエは心配そうに声をかけている。

トルテはいつも何かと反応が大きいので大丈夫。多分、きっと。ダメなら回復させればいいでしょう。

「というか、私の話はどうでもいいのですけど」

「さらっと流すんですか、先生⁉」

「エミーリエさん、アンジェリーナさん、貴方たちにお伺いしたいのですが」

「何よ？」

「何でしょうか」

「改めて、貴方たちのフルネームをお聞きしたいです」

私がそう問いかけると、エミーリエが明らかに機嫌を損ねて眉を寄せた。腕を組みながら軽く背を仰け反らせて、見下すように視線を向けてくる。

「……何でそんなことを聞きたがるのよ？」

「貴方たちが私の探し人かどうかの確認が必要だからです」

「えっ⁉ 先生が探しに来たのって、聖女の中でも問題児って呼ばれてる人たちですよね⁉ それって、じゃあこの二人が……」

「誰が問題児ですって？」

「ひぃっ、ごめんなさい！」

思わず口を滑らせたトルテをエミーリエが強く睨み付ける。赤髪を逆立てて今にも噛みついてきそうな気配を漂わせるエミーリエにトルテは平謝りをした。

そんな荒ぶるエミーリエを抑えたのはアンジェリーナだ。

「エミーリエ、私たちが問題児と呼ばれているのは事実です」

「……チッ、それもそうね」

「では、貴方たちが〝エミーリエ・アシュハーラ〟、〝アンジェリーナ・グランノア〟でお間違いないですか？」

「……そうよ」

「はい」

私が確認すると、エミーリエは不機嫌なまま、アンジェリーナは静かに頷く。

こうしていきなり出会えたのは運が良かった。まるで運命に引き寄せられたような思いに駆られつつも、私は丁重に一礼をした。

〝彼女たち〟は、それだけ礼を尽くさなければならない相手だからだ。声を整え、失礼にならないように告げる。

「――それでは、改めてご挨拶申し上げます。エミーリエ・アシュハーラ〝皇女殿下〟。そして、アンジェリーナ・グランノア〝王女殿下〟」

この世界は二つの国によって二分されている。

まず、私たちが暮らしているのが〝グランノア聖国〟。

そして、聖国と同等の勢力を誇る〝アシュハーラ魔国〟。

彼女たちは聖国と魔国、その二つの国を統べる血筋の出身だ。

突然、その事実を認識したトルテは呆けたように口を大きく開けていた。

「……え？　えっと？　えぇっ⁉　先生、今、何て言いました？　皇女殿下に、王女殿下って言いませんでしたか⁉」

「言いましたよ」

「……皇女殿下に王女殿下ァ⁉　つまり皇族と王族ってことですかァ⁉」

トルテは勢いよく首を振って二人へと視線を向けた。

彼女たちは返事をしなかった。エミーリエは不機嫌そうに舌打ちをして、アンジェリーナに至っては何の反応もない。

しかし、その態度こそが今言ったことは事実だと告げている。そう悟ったトルテは暫し黙った後、くらりとよろめいた。

「……きゅぅ」

「大丈夫ですか、トルテ？」

「だ、大丈夫じゃないです……！　皇族に王族って、どういうことなんですか先生ィ！」

私に向かって吼えたことで元気を取り戻したのか、トルテは私を支えにしながらも起き上がった。

　そして、起き上がった勢いでそのままエミーリエとアンジェリーナの前に跪く(ひざまず)。いや、あれはもう跪くというか平伏(ひれふ)している。

「何も知らずに申し訳ありませんでした！　馴(な)れ馴れしくてごめんなさい！　どうか！　何卒(なにとぞ)先ほどまでの不敬をどうかお許しください……！」

　鬼気迫る勢いで謝罪を告げるトルテ。その勢いに押されたのか、エミーリエは不機嫌な態度を改めて苦笑を浮かべた。

「あー……別にいいわよ？　別に皇女であっても敬われるような立場じゃないから」

「そうですね。私とエミーリエが問題児であることには変わりないので」

「そ、そうなんですか……？」

「何？　詳しい事情が知りたいの？　皇族と王族のドロドロとした裏事情を……」

「聞きたくありません！　そう、私は何も聞いてません‼　何も聞こえません‼」

「いや、ちょっとからかっただけよ？　そんなに怯(おび)えなくてもいいわ」

　ちょっとした脅しのつもりだったのだろうけど、思ったよりもトルテが怯えてしまったことにエミーリエが狼狽(うろた)えている。

　不敬罪に怯えるトルテを何とか落ち着かせた後、仕切り直しと言わんばかりにエミーリエが問いかけてきた。

「……それで？　ティア・パーソンだったかしら。もしかして、と思って聞くんだけど、貴方は私たちを自分の後任に指名するつもりなのかしら？」

「ご明察です。私は貴方たちを引き取りに来ました」

「辺境にいるのにどうやって私たちのことを聞いたのか知らないけれど……正気なの？　私たちを自分の後任だなんて、よくもそんな無駄なことをするわね」

「む、無駄……？」

エミーリエの言葉が気になったのか、トルテが首を傾げる。

すると、エミーリエは小さく溜息を吐いてから説明するように口を開く。

「私たち、問題児であるのと同時に落ちこぼれなの」

「落ちこぼれ？」

「真面目に聖女の力を磨いてこなかった、ただの穀潰しってことよ」

トルテはエミーリエの言葉に戸惑いを見せて、確認するように私を見る。

私は事実だと頷いてみせた。それが気に入らなかったのか、エミーリエが私を睨む。

「私たちのことを知った上で引き取ろうなんて、何を考えてるのやら。誰かに私たちを引き取ったり、始末すれば便宜でも図って貰えるような話でも聞かされたのかしら？」

「なっ、そんなことある訳ないじゃないですか⁉」

「はん、どうだか……」

「いいえ！　どうか私の言い分を聞いてください！」

「え、ええ……？」

「いいですか、エミーリエ様！　先生は自分のことを普通の聖女であるって言い張っていて、自分が慎ましいと勘違いしているような人なんですよ⁉」

「そ、そうなの……？」

「そんな人がよくあるような旨い話に食いつく筈がないじゃないですか⁉」

「……そうかもしれない、わね？」

　疑わしいと言わんばかりに私を睨んでいたエミーリエだったけれど、そんな彼女に納得がいかないとトルテが叫んだ。

「トルテ、そこまで信頼して頂けるのは光栄ですね」

「信頼してないとは言いませんけど、同じぐらい呆れてるんですよ⁉　ともかく！　後ろ暗い話を持ちかけられても先生は独自の信念やら何やらがあるんで乗りませんよ！　今も振り回され続けている私が保証します‼」

　トルテの勢いに押し切られたのか、エミーリエは言葉に迷うように口元をもごもごとさせた後、脱力して肩を落とした。

それから見事な赤髪を掻き回すように頭を掻きながら、大きく溜息を零す。

「……はぁ、なんかアンタたちと話してると毒気抜かれるわね」

「ふふふ、先生と付き合ってると真面目に疑うのがバカらしくなってきますよ……」

ふんす、と鼻息荒く宣言してみせるトルテ。ここまで思ってくれるのは嬉しい。

でも、幾つか釈然としない点についてはは後でじっくり話し合おう。

「それはそれで色々とおかしいわよ……まぁ、それなら何から聞けばいいのかわからないんだけど、質問してもいいかしら？」

「ええ。私は貴方たちの先生になるのですから、真摯に答えましょう」

「そういう態度だから調子が崩れるんだけど……まぁ、いいわ。アンタ、どうやって亜竜を従えてるの？」

挑みかかるような鋭い視線でエミーリエは私を見据えた。

先ほどまでの敵意混じりの視線とは少し違って、真剣さが増していた。

「格が低いとはいっても、それでもドラゴンよ。だから簡単に頭を垂れたりなんかしない。それなのにアンタには完全に服従している。何か私の知らない聖女の力の使い方でもあるのかしら？」

「亜竜を従えることが出来た理由ですか、とても簡単な話ですね」

「簡単な話なの……？」

「ええ、単純に私の方が亜竜よりも強いからです」

「……」

訝しげな表情を浮かべるエミーリエに対して、私は何も気負うことなく告げてみせる。

エミーリエの眉がぴくりと動くも、彼女は口を開かない。暫く探るように見られた後、ゆっくりと口が開かれた。

「アンタ、本当に聖女なの？　実は聖女であると詐称してるとか……」

「いえ、普通の聖女ですが」

どんどんとエミーリエの眉間に皺が寄っていった。

とても納得いかないと言わんばかりに睨まれるも、こちらもちょっと納得がいかない。

「普通って何だっけ……？」

「普通は、教会で祈りを捧げて都市を守る結界を維持することと、ダンジョンを浄化して、ダンジョンの拡大とモンスターの発生を抑制するのが役割です。それ故に清廉潔白であり、貞淑な乙女であるというのが一般的な聖女に対する印象ですね。亜竜どころか、モンスターと戦おうとするなんてあり得ない話です」

ぽつりと疑問を零したエミーリエ。そんなエミーリエにアンジェも続く。

「エミーリエ様。先生の普通は一般常識とはかけ離れてるので、先生が普通って言う時はだいたい無視した方が頭が痛くなりませんよ」

「妙に実感が籠もった嫌なアドバイスをしてこないでよ……」

トルテは何かを悟りきったかのように淡々と説明する。

そんなトルテの説明にエミーリエは頭痛を堪えるように額に手を添えた。何故(なぜ)皆揃(そろ)って私が普通でないように言うのだろうか。解(げ)せない。

「何でアンタが納得してない、みたいな顔してるのよ！　あのねぇ！　普通の聖女って亜竜(レッサードラゴン)を従えるようなことは出来ないのよ！」

「どうしてそう思うのですか？」

「聖女は攻撃魔法が使えないでしょう⁉」

エミーリエが叫ぶようにそう言ったけれど、その言葉は真実だ。

聖女の魔法は大きく分けて《浄化(ピュアリファイ)》、《結界(バリア)》、《祝福(ブレス)》の三つである。

聖女の役割というのは、世界の歪(ゆが)みを正してモンスターを弾く結界を展開したり、対象の能力を引き上げて支援することだ。半面、攻撃などにその力を使うことが出来ない。

「だからこそ、聖女の役割はあくまで後方支援。後ろに下がって直接戦うようなことなんてあり得ない。それが普通の聖女でしょうが」

「だから貴方が亜竜よりも強いと言われても、エミーリエが信じられないのは当然のことかと思います」

二人の説明にトルテもその通りだ、と言わんばかりに頷いている。

エミーリエとアンジェリーナが頷くのはともかく、トルテが頷いてることには色々と話をつけなければならないと思いつつ、それは後にする。

「確かに聖女の魔法に、攻撃に使えるようなものはありません。ですが、だからといって聖女が必ずしも後方に下がらなければならないという訳ではないのです」

「じゃあ、アンタは本当に亜竜を倒せるぐらい強いってこと？　それなら私が強くして欲しいって言ったらアンタと同じぐらい強くしてくれるの？」

エミーリエが問いかけてくる。その時の彼女の表情は、これまた今まで浮かべていなかった表情だった。どこか熱に浮かされた、何かを切望するような表情。飢えた獣のように凶悪で、それでいてどこまでも純粋に祈るような人らしさを感じる。

それは剝き出しになった彼女の本質だと思えた。だからこそ、その問いには真摯に答えなければならない。

「貴方が心から求め、願うのならば。私はそれに応えましょう」

私の返答を聞いたエミーリエは静かに口を閉ざした。

彼女は大きく息を吐いてから、握りしめた拳を私に向ける。真っ直ぐ見つめてくるその瞳には、炎のように揺らめく意志が見て取れた。

「だったら、私と手合わせしなさい」

「手合わせですか？」

「本当にアンタが亜竜より強いって証明してみせなさい。そしたらアンタの教え子になってあげる」

エミーリエがそう告げると、トルテが表情をギョッとさせて慌てだした。

「エ、エミーリエ様！　止めた方がいいです！　先生は常識だけじゃなくて、手加減とかもよくわかってなくて、と、とにかく痛い目を見ますよ！」

「舐められたものね、私も」

エミーリエはそこで初めて笑みをみせた。

けれど、それは可愛らしい笑みではなくて闘志が溢れる勇ましいものだ。

「確かに私は聖女で、攻撃魔法は使えない。だけど、腐っても魔国の皇女なのよ。魔族には魔族の誇りがある。ティア・パーソン！　私の上に立ちたいというのなら、その力で証明しなさい！　私に教えを授けられる存在だと認めさせなさい！」

そう宣言する彼女はどこか楽しそうで、ワクワクしているように見えた。

どうしてそうなった、と言わんばかりにトルテが頭を抱えていると、アンジェリーナが声をかける。

「トルテさん、魔族は邪神が残した世界の歪みに適応した人族の末裔だと言われています。彼等は強者であることを尊びます。つまりは腕っ節が強い人が偉いという理屈ですね。世界の歪みに適合したことと、種族が尊ぶ信念から聖女は無用の存在とされてます」

「……人の事情をペラペラと喋るんじゃない、アンジェ」

機嫌を損ねたように呟くエミーリエ。しかし、口調とは裏腹に態度は穏やかで、苦笑を浮かべていた。

魔族はその性質と築き上げた文化から聖女を必要としない。エミーリエは皇女なのに、聖女だった。それだけで彼女を取り巻く様々な事情が窺える。

エミーリエが問題児の烙印を押されているのも、彼女が抱えている事情によるものだろう。聖女を求めない国で、聖女として生まれてしまった皇女。

「更に言えば魔族の皇族は〝ヴィーヴル〟という種族で、ドラゴンの血と力を受け継ぐ故に魔族の中でも最強の種族だと言われています。なので、つい期待してしまいますね」

「いやいや、先生⁉　彼女は皇族なんですよね⁉　不敬罪とかになりませんか⁉」

「大丈夫ですよ、エミーリエから仕掛けてますから。それに、魔族は自分よりも力ある者に敬意を示す文化がありますので」

「まぁ、そういうことよ。だから安心しなさい」

アンジェリーナに続き、エミーリエがそう告げたことでトルテは黙ってしまった。

心配するように私を見つめてくるトルテ。そんな彼女を安心させるように私は頷いた。

「大丈夫です、トルテ。私は怪我をしませんから」

「怪我をさせるんじゃないかって心配をしてるんですけど？」

「手合わせで納得して頂けるというのは、望むところです。お受け致しましょう」

「あれ、流された⁉　先生、殺しちゃダメですよ！」

「トルテは私のことをどう認識しているのか、後で詳しく話し合いましょうね」

まるで私が触れるもの皆全て壊すような認識は正さなければ。

深呼吸を一つ。そうして呼吸を整えた後、私はエミーリエに向き直る。ここが手合わせをするのに十分な広場で良かった。

「それでは、手合わせをしましょうか。いつでもどうぞ」

「それじゃあ――行くわよッ！」

私が待ち構えていると、エミーリエが強く地を蹴って、一瞬にして距離が詰められる。

繰り出された彼女の拳は、並の人間では防御が間に合わないと思う程に鋭くて速い。

その拳を紙一重で回避して、距離を取り直す。僅かにひりつくように頬が痛んだので、どうやら掠ってしまったようだ。

「末恐ろしい身体能力ですね。皇族だから特別なのでしょうか？」

この世界には神々の加護が残されている。太古の騒乱で砕けてしまった神々の力は魔法という形で出力することが出来る。魔族は総じて魔法を扱うことに秀でているからだ。

単純な身体能力や魔法の才能だけで比べるなら人族よりも優れていると言える。

その分、種族ごとに様々な制約があると耳にしたことがあるけど、その一方で皇族であるヴィーヴルに何かしらの制約や弱点があると聞いたことはない。

「皇族だから特別？　違うわ。——私だから強いのよ！」

戦意が昂ぶっているのか、凶悪な笑みを浮かべているエミーリエ。彼女は邪魔だと言わんばかりに頭に被せていたベールを外す。

ベールで隠されていたのは、羊のものとよく似た真っ白な角だ。あれこそ彼女が皇族である証、ヴィーヴルの角ということだろう。

「聖女だからって何？　聖女に生まれたから後ろに控えてニコニコ笑ってろって？　そんな人生なんてごめんなのよ！」

「成る程、それだと真面目に授業も受けてませんね？　それが落ちこぼれの理由ですか」

「聖女の力を磨くぐらいなら、身体を鍛えていた方がマシよッ！」

再び鋭く間合いを詰めて、拳を繰り出してくるエミーリエ。先ほど掠ってしまったことを踏まえて、油断なく彼女の攻撃をいなしていく。

まるで小さな嵐のようだ。彼女自身の気質もあるだろうけれど、とにかく一撃が鋭い。

元々、素質があったんだろう。それに彼女の動きの一つを取ってもよく研鑽を積んできたことがわかる。

でも、それは聖女として生まれたなら必要とされることがない力だ。エミーリエが言うように聖女なら後方で嫋やかな淑女のように笑っていることが美徳だと求められる。

彼女のように自らの力で生き方を選びたいなどと、それは聖女の在り方に対して冒瀆だと眉を顰める者がたくさんいるだろう。それでも、私は彼女のことを好ましく感じていた。

拳を受け止める度にその思いはどんどんと増していく。

「はぁッ！」

「ふむ、成る程。思っていた以上に鍛えていますね」

「それは……どうもッ！　そっちこそ、かなり腕が立つようね……！」

「それ程でもありません」

「そこで謙遜するのは、腹が立つでしょうがァッ‼　いっそ本気になりなさいよ！」

苛立ち(いらだ)を隠さないまま、エミーリエが蹴りを繰り出してくる。隙の少ない良い(い)一撃だ。

受け止めた腕にビリビリと衝撃を感じる。

自身の蹴りが受け止められたのも気に入らないのか、エミーリエの目が釣り上がる。

「それとも、私に本気を出すまでもないとか言うのかしら！」

「本気、ですか」

「私にアンタの本気を教えなさい！　じゃないと納得してやらないわよ！」

「私はいつも本気なのですが……恐らく、正しく言葉にすると全力を出しなさいと言ってるのだと受け取ります。わかりました、いいでしょう」

「げっ⁉」

エミーリエがそこまで言うのであれば、真摯に応えると言った言葉を裏切る訳にはいかない。集中力を高めていると、トルテが何かを叫んでいるような気がしたけど無視する。

今、大事なのは真っ正面でエミーリエと向き合うことなのだから。

「エミーリエ様、逃げてくださいっ！　先生は冗談とか言えないから本当に全力を出してきますよ！」

「はっ！　上等！　そこまで言う実力、味わってやるわ！　来なさいよ！」

「それでは、行きます」

──今の貴方の実力だと、何をされたかわからないでしょうが。

エミーリエに油断はなかった。その上で絶対に受け止めてやろうという意思があった。

けれど、彼女には私の動きが一切見えていなかった。恐らく、彼女の視点では気付いたら目の前に私がいるという状態だっただろう。

目を見開いて動きが止まった一瞬、私の掌底がエミーリエの腹部に衝撃を叩き込んだ。

ビクリ、と大きくエミーリエの身体が震えたかと思えば、彼女は大きく息を吐き出しながら崩れ落ちる。私はそのまま彼女の身体を優しく支える。

「……ッ、カ……ハッ……！」

「うわぁあああ！　本当に手加減してない！　エミーリエ様、大丈夫ですかー！」

慌てた様子でトルテが私たちに駆け寄り、エミーリエへ手を添えた。

次の瞬間、トルテの手から温かな優しい光が浮かぶ。その光はエミーリエの身体を包み込んでいき、脂汗が浮かんでいたエミーリエの顔色が少しずつ良くなっていく。

「……見事な《祝福》による治療ですね」

ぽつりと、アンジェリーナが呟く。

トルテの治療をしっかりと見つめている彼女に頷きつつ、私は誇らしさを込めて言う。

「ええ、彼女は自慢の教え子ですから」

「そうですか」

アンジェリーナはそれだけ言うと、口を閉ざしてしまった。

元気も闘志もいっぱいなエミーリエに対して、アンジェリーナはいまいち何を考えているのかわからない。

——彼女の〝境遇〟を思えば、このような立ち振る舞いになってしまうのは納得してしまうのだけど。

そんなことを考えている間に、エミーリエの呼吸が落ち着いたようだ。彼女はぐったりとしながらも、私へと視線を向けた。

「……何、されたの、今……？」

「見えませんでしたか？」

私の問いかけに、エミーリエは悔しそうに唇を噛んだ。

彼女からすれば、圧倒的な実力の差を見せつけられたように感じたことだろう。

「見えるようになったら、ちゃんと教えます。そして、これが私の全力の一端です。認めて頂けましたか？」

「……チッ、態度が気に入らないけれど、負けたのは事実よ」

ガシガシと乱暴に頭を掻いてから、勢いをつけてエミーリエは立ち上がった。

挑みかかるように睨んでくる姿に、心が一切折れていないのだと察した。

その姿に私は感心してしまう。これだけ心が強ければ教え甲斐があるというものだ。

「認めてあげるわ、アンタが亜竜を倒せるような猛者であり、私の先生になるのに相応しい人だってことをね」

「それは何よりです、エミーリエ様」

「エミーリエでいいわよ、私が教わる側なんだから敬称なんか要らない。どうせ皇女なんて身分に何の意味もないんだから」

ふん、と鼻を鳴らしながらエミーリエはそう言った。

ともあれ、彼女から了承を貰えて良かった。これで彼女を心置きなく辺境に連れて行くことが出来る。後は……。

「エミーリエから了承を頂けましたが、貴方はどうでしょうか？　アンジェリーナ様」

「貴方が先ほど仰っていた筈ですが？　私の行く末を決めるのは教会の意向によると」

「それでも、私は貴方の意思を問います。そして、出来れば同意を得たいです」

エミーリエと違って、アンジェリーナは自分の感情や意思を露わにしようとしない。

けれど、だからこそ私は彼女から同意を貰いたかった。そんな思いから真っ直ぐ見つめていると、アンジェリーナは深々と溜息を吐いて視線を逸らした。

「……わかりました。では、貴方に従いましょう。パーソン司祭卿(きょう)」

「その呼ばれ方は慣れていないので、私のことは先生と呼んでください」

「先生、ですか……わかりました。では、先生も私のことはアンジェリーナか、アンジェと呼んでください。貴方が敬称をつける必要はないので」

「わかりました。では、親しみを込めてアンジェと呼ばせて頂きます」

「……好きにしてください」

「ありがとうございます。エミーリエもエミーと呼ばせて頂いてもよろしいですか？」

「……勝手にすれば？」

ついでと言わんばかりに聞くと、エミーリエは何とも言えない微妙そうな表情になってしまった。けれど嫌ではないようで、拒絶する様子はない。

「ひぇぇぇ……本当に私の後輩がこの二人なんですか……？　胃が痛くなりそう……」

トルテが恐れ多いと言わんばかりの態度を隠しもせずに呟(つぶや)く。

私は改めて教え子となる三人の少女を見つめる。

「トルテ」

「はい？」

トルテは、何ですか？　と言うように私へと視線を向ける。

「エミー」

「何よ？」

エミーは、眉間に皺(しわ)を寄せて怪訝(けげん)そうな表情を浮かべる。

「アンジェ」

「はい」

アンジェは、何も感情を見せない表情のままこちらを見る。

そんな三者三様の反応を見つつ、私は胸に手を当てて軽く一礼した。

「――私は先生として、貴方たちを導く責務を全力で果たすことを誓います」

貴方たちの先を行き、道を示す者として決して恥ずかしい姿は見せない。

それが、貴方たちにしてあげられる精一杯の誠意だから。

「改めて、これからよろしくお願いしますね」

エミーリエ・アシュハーラ

通称エミー。隣国・アシュハーラ魔国の皇女殿下。
勝気かつ元気な少女で、歯を見せるように笑う。
ヴィーヴルという最強の種族であるため、
聖女の魔法でのサポートよりも
戦闘を優先してしまい、落ちこぼれた。
《浄化（ピュアリファイ）》の才能を持つ。

アンジェリーナ・グランノア

通称アンジェ。
グランノア聖国の王女殿下かつ、
聖女の才能を持つ。
普段は心情があまり表に出ない。
王都にいた時も無気力だったため、
落ちこぼれになっていた。
《結界（バリア）》の才能を持つ。

第二章　辺境

無事に弟子としてエミーとアンジェを引き取ることが出来た私はすぐに亜竜(レッサードラゴン)くんに乗って辺境へと戻った。

王都にいてもやることもないし、私を嫌っている人たちを刺激するし、何も良いことがない。それならさっさと辺境でこの子たちを育てたい。

「もうすぐで着きますよ、大丈夫ですか？　トルテ、エミー、アンジェ」

「……早く地面に降りたい」

私の問いかけに対して、地の底から呻(うめ)くような声で返したのはエミーだった。見るからに顔色が悪そうで、口元を手で押さえている。

「先生！　エミーが皇女の尊厳を失いそうです！」

「尊厳なんて、とっくの昔になくしているのでは？」

「アンジェ、うるさいわよ！　真面目にツッコむな！　うっ……！」

一応、何度か小休憩を挟みながらだったけれど、それでもダメだったか。

良い景色だと思って地上を見せようとすると、本気で嫌そうに止めろと言われてしまった。よっぽど高いところが苦手のようだ。エミーは思ったよりも繊細らしい。

「高いところがダメなら、せめて横になりますか？」

「高さもダメなんだけど、理由はそれだけじゃないのよ。ここはダンジョンが近いせいで〝世界の歪み〟の気配が濃いから落ち着かないのよ。聖国に来てからダンジョンとは縁遠かったから、ちょっと気が立っちゃうというか、昔を思い出すというか……」

「……そういうものなんですか？」

「トルテ、魔国は聖国よりもダンジョンが多いんですよ。なので、魔国の人たちはダンジョンに慣れ親しんでいるのですが、それ故に強く育つのだと言われています」

何せ、モンスターが身近に存在していることが当たり前なのだ。聖国ではダンジョンの管理は厳重に行われているので、モンスターとの距離はまだ遠い。

「丁度良いですから軽く授業をしましょうか。トルテ、ダンジョンとは何ですか？」

「えっ⁉　えっと、ダンジョンとは〝世界の歪み〟が蓄積されて発生する異空間です！」

「正解です。では、ダンジョンの発生の原因となる〝世界の歪み〟とは何でしょう？」

「〝世界の歪み〟は、この世界の破壊を目論んだ邪神の残留思念……で合ってますよね」

「ええ、合ってますよ」

自分の回答が不安になったのか、トルテはアンジェの方を向いて確認を取る。

それが肯定されたことで、トルテは安堵の息を吐いた。

「もっと具体的に言うのであれば、〝世界の歪み〟は邪神の残留思念であり、魔力の一種でもあります。魔力とは、神々が砕けた後で人々に齎された恩恵ですからね。であるからこそ、邪神もまた神の一柱であるという証なのでしょう」

「良い補足でした、アンジェ。故に〝世界の歪み〟は女神に祝福されたこの世界を改変しようとする訳ですね。それがダンジョンという形で生み出されます。ちなみに、ダンジョンは魔族と密接な関係にあると言われています」

「密接な関係ですか？」

「理由は二つあります。一つは、魔国ではダンジョンは聖国よりも身近なものであることです。魔国では聖女の立場は低く、モンスターの脅威にも聖女の浄化をアテにしていません。その代わり腕試しや、試練の場として利用することで魔物を間引きしています」

「だから魔族は強者を尊ぶという文化になったんでしょうか？」

「えぇ、そうですね。理由の一つと言えます。もう一つの理由は魔族は〝世界の歪み〟に適応した種族なのです。だから人族に比べて多種多様な種族がいる訳ですね」

「あの……それって、魔族はモンスターと同じものということですか……？」

「トルテ、貴方は同じ特徴があるから猿と一緒の生き物だと言われて納得出来ますか？」

トルテはハッとした後、申し訳なさそうに眉を下げた。

「……よくわかりました。つまり魔族とモンスターは人間と猿ぐらい違うんですね」

「理解が早くて助かります。確かに世界の歪みに適応しています。ですが魔族には理性があり、我々人族と同じように国を築いているのです。モンスターは獣も同然。それと同列に語るのは失礼に当たるということですね」

「ごめんなさい、エミー……」

「よくある誤解よ。実際、それで魔国と聖国が戦争になってるしね」

申し訳なさそうに謝るトルテに、エミーは軽く肩を竦めるだけで特に反応しなかった。

聖国と魔国が戦争をしていたのはかなり前で、魔族がモンスターと同一視される風潮は主流ではなくなっている。しかし、一部の者たちはこの説を信奉しており、魔族に対して侮辱的な態度を取ることもある。

それが教会の内部にもいるというのが頭の痛い問題ではあるけれど、ここでするべき話ではない。エミーも教会で嫌な思いをしただろうし。

「なので、魔族というのは〝世界の歪み〟の気配に敏感なのです。それ故に人族にはわからない感覚などがあるということを理解しておきましょうね。トルテ」

「はい、わかりました」

「良い返事です。……話をしている間に見えてきました。あれが〝踏破が不可能〟と認定された禁域であるダンジョン――『ドラドット大霊峰』です」

私たちの目の前に広がったのは、巨大な山脈群だ。

その中でも一際大きな山は視界に入れるだけで畏怖を感じてしまいそうな程の雄大さを誇っている。見るだけで圧倒され、引き返したくなる人もいるだろう。

美しさすら感じてしまいそうになるが、山の中に一歩でも足を踏み入れればそれは本性を露わにする。どれだけ美麗でも、この山は既にダンジョンそのものなのだから。

実際、遠くから地鳴りのような咆哮が聞こえてくる。普通の人であれば、その場で意識を失ってもおかしくないだろう。

「エミー、今の咆哮は……」

「ええ、間違いないわ。……ここが〝ドラゴンの巣窟〟というのは本当なのね」

アンジェが確認するようにエミーに問いかけると、エミーは間違いないと頷いた。

ドラドット大霊峰が禁域とされる理由の一つがエミーの言った通りである。

ここはモンスターの中でも頂点に君臨しているドラゴンたちの楽園だ。一般的にドラゴンというのは立ち向かうのは無謀だとされる相手である。

それもあってなのか、アンジェの呟きには緊張が隠しきれていなかった。

「ここが近くのダンジョンの危険度からどちらの国も領土に出来ず、不干渉地帯として放置するしかなかった辺境ですか……」

「本当にこんなところに住んでるの？　魔族でもこんなところに住まないわよ？」

「あぁ、やっぱりここって一般的に人が住むような場所じゃないんですね……」

エミーが信じがたい、というようにジト目を向けてくる。それに対してトルテは憂鬱そうに溜息を吐いた。

「そうは言いますが、禁域の監視は誰かがしなければならないですからね」

「まぁ、放置すればモンスターがどんどん増えてしまうものね」

「ちなみに、魔国も禁域という認識はあるのですね？」

「聖国と関係を改善してからは、脅威を共通認識するために規定を作ったと聞いているわ。所謂、禁域に指定されるようなダンジョンっていうのは浸食が進みすぎて攻略が不可能とされるものばかりなのよ。そんなの国土がダンジョンだらけの魔国であっても触れてはいけないって認識されてるわ」

「規定についてのお話ですが、両国で規定された脅威度の基準は今でも冒険者ギルドで利用されています。ダンジョンは放置すれば無限に浸食が進んでしまうので、間引きを行うことで〝世界の歪み〟を減らす必要があります。聖国では騎士たちや、モンスターの素材を売買して生計を立てている冒険者が浸食を防いでいるという訳ですね」

だからこそ聖女は各地に派遣され、モンスターが侵入しないように結界で蓋をするという役割を担っていたりもする。ある意味において、モンスターを倒すことが出来る騎士よりも重要視されていると言っても過言ではない。

まぁ、今は必ずしもそれが正しいとは言える状況ではないのだけれど。

「さて、話も盛り上がってきましたが、そろそろ私たちの教会に着きますよ」

話している間に目的地が見えてきたので、ゆっくりと着地して貰う。

ここに来てから早数年。なんだかんだで愛着が湧くものだ。早速中へ入ろうと思っていたら、何故かエミーがぽかんと口を開けていた。

そして、何を思ったのかエミーが素早く近づいてきて私の胸ぐらを掴んできた。

「……ねぇ、先生。聖女は教会に常駐するものよね？　あれのどこが教会だって言うのよ！　あれはね、砦って言うのよ‼」

エミーは勢いよく指し示しながら叫んだ。彼女の指が示した先には、確かに教会と呼ぶには無骨にして堅牢な建物がある。

「鋭いですね、エミー。でも、これは教会なんです。放棄された砦を教会として改修したものなので、砦でもあったというのが正しいですが」

「こんなの王都のお偉いさんたちに見せたら頭を抱えて怒り出すわよ、これを教会だって言い張るのは！　そもそもなんで砦なの⁉」

「元々、この砦にはドラドット大霊峰を監視するための兵を置いていたんですが、放棄されてしまったんです。一応、私は立場上ここの領主なので、その権限で接収しました」

私がそう言うと、エミーはギョッとしたような表情を浮かべてから、ジロジロと疑うようにこちらを見てくる。

「先生ってもしかして司祭以外の爵位認定も持ってるの？」

「そうですよ。私が持っている爵位は司祭、官吏、騎士の全てです」

「ええ……嘘だぁ……？」

「本当です」

聖国では全ての領土を王家が所持している。そこに王家と教会から爵位の認定を受けた貴族が配置されて管理をする一般的な統治方法だ。

そして一つの領土に官吏、騎士、司祭の資格を持った者たちが必要なのだけど、複数の爵位認定を受けている人が兼任しているのはよくあることだ。

特に、この辺境のように人が限りなく少なくなった寂れた領地には。

「先生って本当に成績優秀だったってことよね……？」

「えっと、複数の爵位認定ってそんなに凄（すご）いんですか？」

「爵位の一つである司祭ですが、聖女として真面目に尽くしていれば何事もなく認定されます。ですが官吏は相応の学力が必要ですし、騎士に至っては聖女で取得するような人はいません」

「騎士の役割は領地の防衛、つまり戦うことよ。だけど聖女の魔法は攻撃に使えないし、他にも重要な仕事がある聖女がわざわざ騎士の爵位まで取る必要なんてないのよ」

「じゃあ、何で先生は騎士の爵位まで持ってるんですか……？」

「むしろ私が聞きたいわよ……！」

エミーたちが私を省いて仲良く内緒話している。仲良くなったようで何よりだ。

そんな光景を微笑（ほほえ）ましく見守っていると、ギャア、という短い鳴き声が聞こえた。

振り返ると、亜竜（レッサードラゴン）くんが気まずそうに見つめてくる。

「そういえば、この子はどうしましょうかね」

「先生、本当にそれを飼うつもりなんですか？」

「いてくれれば便利だと思いますが、飼えるでしょうか？」

「……その亜竜（レッサードラゴン）なら、先生のことを群れの長だと認めてるから大丈夫じゃない？」

「群れの長ですか？」

「先生がこの子を叩きのめして服従させたんでしょう？　つまり上位の存在として認められたってことよ。従う姿勢を見せてるんだし、ちゃんと飼ってあげたら？　故郷でも飼育してたなんて話は聞かないけど、もう少し下位のドラゴンなら家畜として育ててるから、それを応用しながら様子を見ればいいと思う」

「成る程……エミーはドラゴンの飼育方法を知ってるんですね？」

「一般常識程度にだけど、概要なら教えられるわ」

「それはありがたいですね」

改めて亜竜を飼うことで得られる利益を考えてみる。

まず、今回のように遠出する時には便利だ。滅多には行かないだろうけど、近場の街で買い出しが出来るようになる。

この辺境では物資が旅商人頼みだ。商人がやってくる頻度も多くはないことを考えると足になってくれるのはありがたい。

今まではトルテと自給自足の生活だったけれど、エミーとアンジェも迎えたことだし、街に行く手段を確保しておくのは悪くない。

自分の中で結論が出たので、改めて亜竜くんへと向き直る。

「基本放し飼いとなりますが飼ってみましょうか。人を襲わないように躾けるのと、塒の近くに寝床となる場所を作ればいいでしょうか。貴方もそれでいいですか？」

私は亜竜くんに尋ねてみた。私の言葉をどこまで理解しているのかわからないけれど、すっと頭を低くして伏せるような姿勢になった。

頭を撫でると、びくりと少しだけ震える。それから静かに頭を撫でられていたので、それならと思い直す。

「貴方の面倒は私が見ますからね。これからよろしくお願いします」

「ギュウ……」

返事のように鳴いたので、了承を取れた筈だ。もしも問題が発生したら私が責任を取らなければならない。しっかりと気を引き締めないと。

私は両手を叩いて、勢いよく音を鳴らす。

「さぁ、お引っ越しを始めましょう。今日は忙しくなりますよ」

＊　＊　＊

私たちが住まいとして利用している教会は部屋がたくさん余っている。

かつて兵士たちが住み込んでいたのだから、当然と言えば当然な話だけど。

とはいえ、今まで私とトルテしか暮らしていなかったので掃除などは最低限しかしていない。なので、まずは掃除から始めないといけない。

「今日は時間がありませんので、私が清掃します。明日からは自分でちゃんと掃除をするように。不意打ちでチェックを入れますので」

「えぇ……チェックとか要らないでしょ……」

「いいですか、エミー。掃除もまた聖女の力を使いこなすための修行なのです」

「何？　精神論でも唱えるつもり？　清き心に聖女の力が宿るとでも？」

エミーは半目になり、腕を組みながら不満を訴えた。そういった面もないとは言えないけれど、これはただ説明するだけでは理解出来ないだろう。

それなら最初にやってみせて、それから説明した方が納得して貰えそうだ。

「では、私が掃除のやり方を見せましょう。先に部屋を選んでください」

「私の隣とかの方が便利でいいと思いますよ！　壁は厚いですし、騒音とかも気にならない筈です！」

トルテが勢いよく手を上げてそう言った。確かに、纏まっていた方が掃除はしやすくなる。合間に集まって話をしたりとかするのも楽だろう。エミーとアンジェは特にこだわりはなかったのか、そのままトルテの部屋の両隣を選んだ。

部屋にはベッドなど置かれているものの、やはり少し埃っぽく感じる。

「まずはエミーの部屋から行きます。それでは、始めましょう」

私は部屋の中へと入り、胸の前で手を握り合わせる。

息を大きく吸い、意識を集中。魔法を使う際に大事なのは明確なイメージを描くこと。

次に思い描いたイメージを体内にある魔力を用いて、外部の魔力に正確に伝播させること。この行程を経て思い描いた結果を実現させるのが魔法だ。

教会では魔法のイメージを共通させ、共有するために詠唱が推奨されている。

とはいえ、明確なイメージさえ描き出すことが出来ていれば詠唱は省略出来るものだ。

ここはお手本とするため、ちゃんと詠唱も込みで魔法を発動させることにしよう。

「――〝我が意を此処に具現せよ。結界よ、触れゆく塵芥を退け、清浄せよ〟」

私を中心に光が零れて部屋を照らす。部屋全体を光が滑るように広がっていき、全体へと及んでいく。

光が灯っていたのはそう長い時間ではなく、やがてゆっくりと消えていった。光が消えた後で吸い込む空気は魔法を使う前よりも澄み切っていて、埃っぽさは消えていた。

うん、上出来だ。これならエミーも納得してくれるだろう。

「はい、終わりましたよ」

「ちょっと待って」

「？　どうかしましたか、エミー」

「どうかしてるのは先生よッ‼　今のは一体何なの⁉」

何故か怒り心頭といった様子のエミーに怒鳴られた。解せない。

「部屋の汚れを害するものと指定して、部屋外へと排出しました。効果的に浄化するために部屋の汚れを拭き取るように結界も合わせて展開するのがコツでして……」

「さも当たり前のように非常識な解説をしないでッ⁉」

エミーは遂に地団駄を踏みながら大声で叫ぶ。肩で息をして、それから私に指を向けてくる。まず人に指を向けてはいけないと伝えるべきだろうか。

「普通は聖女の魔法で掃除なんてしないのよ⁉　聖女の魔法って、もっと崇高な感じじゃなかったの⁉　世界の歪みを浄化したり、結界でモンスターの侵入を防いだり！　それを掃除のために使う⁉　しかもしれっと合わせ技になってるじゃない！」

「優れた魔法使いは様々な魔法を組み合わせて操るものです」

「いや、聖女は魔法使いじゃないでしょ⁉」

「それは呼び方が聖女というだけで、実際は聖属性の魔法を使えるだけですよね？」

「そ、それは……！　確かに、そうだけど……」

聖女とは、言い方を変えれば聖属性の魔法しか使えない魔法使いなだけだ。

そして、魔法の達人であれば様々な魔法を組み合わせて使うのは世間でもよく知られていること。私がそう指摘すると、反論出来なくなったのかエミーの声が小さくなっていく。

すると今度は頭を抱えて呻（うめ）きだした。

「お、おかしいのは私なの？　それともコイツなの……!?」

「明らかに先生が非常識なので、大丈夫ですよ」

アンジェがエミーを安心させるように優しく告げている。いつの間にか私のことを非常識扱いする人が増えていた。

「ですよね！　やっぱり先生が非常識なんですよね！　これぱかりは他に聞ける人がいなかったんでわからなかったんですけど！」

私をよく非常識扱いするトルテが、まるで仲間を得たと言わんばかりに嬉（うれ）しそうにしている。そのまま二人へと駆け寄って、手を取り合って喜び合う。

なんだか私が仲間外れにされているような気がするのは気のせいでしょうか？

呆然（ぼうぜん）としながらトルテと手を取り合っていたエミーだけど、何か気になったのか疑いの視線をトルテへと向けた。

「ちょっと待って、トルテ。もしかして、アンタもこれ出来るの？」

「もちろんです！　エミーとアンジェもすぐに出来るようになりますよ！」

「えっ」

「……えっ？」

「……あれ？」

何故(なぜ)か顔を見合わせるエミーたち。それから何とも言えないような空気になっていると、気を取り直すかのようにアンジェが問いかけてきた。

「先生、先ほどの魔法の仕組みについてもう一度聞きたいんですが？」

「いいでしょう。まず汚れを対象として浄化するイメージを明確に浮かべます。浄化した後、結界を張ることで汚れがつくのを防ぐことが出来ます。これで長く部屋が綺麗(きれい)な状態を保てるという訳ですね」

「……ありがとうございます。とてもわかりやすい説明なのに、何一つ理解が出来ないという希有(けう)な体験をさせて頂きました」

「おや……？　おかしいですね……？」

そんな奇妙な体験をさせるような説明をした覚えは一切ないのだけど。

首を傾(かし)げながらアンジェを見ていると、彼女は重々しく頷(うなず)いた。

「そうですね。先生がおかしいことはよくわかりましたよ。なので大丈夫です」

「どう大丈夫なのか、問い詰めたいところですが……エミーとアンジェは熱心に聖女の力を磨いてきた訳ではないと聞いています。しかし、私が指導すれば必ず出来るようになるでしょう。一番大事なのは上達しようという意欲と試行回数です」

「ねぇ？　この会話、ちゃんと成立してる？」

「エミー。先生はたまに会話しているようで会話してないから大丈夫ですよ」

「それって大丈夫って言わないわよね⁉　本当にこんなのでいいの⁉　不安になってきたんだけど⁉」

何やらエミーとトルテが二人で向かい合いながら騒いでいるけれど、これではいつまで経っても話が進まない。手を叩いて注意を引き、話の軌道修正を試みる。

「それでは、アンジェの部屋の掃除が終わりましたら食事の準備をしますので、トルテは二人の荷解きを手伝ってあげてください」

「このましれっと流すの⁉　ねぇ⁉」

何やらエミーが叫びっぱなしだけど、きっと長旅で疲れて過敏になっているんだろう。

部屋の準備が整えば少しは落ち着くだろう。空腹なのも落ち着かない原因かもしれない。なら、早いところ準備をしてあげればいい。旅の疲れを癒やして貰うためにも美味しい食事を用意してあげなければ。

そう考えながら、後のことはトルテに任せて食堂へと向かった。

＊＊＊

私が四人分の食事を作り終える頃、荷解きが終わったのかトルテたちが食堂へとやってきた。

「先生、荷解きが終わりました！」

「お疲れ様です、皆。食事ももうすぐ出来ますよ」

今日のメニューはパンと新鮮な野菜がごろりと入った煮込みスープだ。保管していた肉も奮発して入れたから、メニューの数が少なくても満足して貰えるだろう。

エミーとアンジェがどれだけ食べるかわからなかったから、次の日に回しやすいようにスープを選んだという理由もある。食べる量を調整しやすいから、これで二人の食事量にも目算が立てられるだろう。

「エミーとアンジェは先に座っててください。トルテ、お皿をお願いします」

「はーい」

トルテに配膳をお願いして、二人でスープを運んでいく。

テーブルに並べられた料理を見て、何故かエミーが心から安堵したように息を吐いた。

「……良かった。食事は普通だったわ」

「一体、何が出てくると思ってたんですか？」

「なんか、またツッコミが止まらない妙なものが出てくるかと……」

「まるで妙なものばかりが出てきたみたいに言うじゃないですか」

「実際、妙なものばかりでしょうが……！」

「先生ー！　いちいちエミーを怒らせないでくださーい！　折角の食事が冷めちゃいますからー！」

トルテが手を上げて抗議してくる。私だって別に怒らせたい訳ではないのだけど。

「それでは、冷めない内に召し上がってください」

「えーと、じゃあ本日の恵みに感謝を！」

トルテが元気よく食前の祈りを捧げる。トルテに続くようにエミーとアンジェも祈りを捧げて、スープに口をつけた。

「……んんっ！」

「……これは」

エミーは一口食べると、険しかった表情が和らいで目を丸くしていた。隣ではアンジェも同じように目を丸くしたけれど、すぐにいつもの表情に戻っている。

それぞれ反応の違いはあるけれど、味については問題ないようだ。

エミーがスープを飲む速度がどんどん上がっていく。その度に表情が柔らかくなって、花が綻ぶような笑顔になっていく。

「美味しい！　こんな新鮮で美味しい野菜は初めてかも！」

「鮮度が良いだけじゃなくて、味も濃いですね」

「良い味でしょう？」

「ええ、ちょっと驚いたわ。辺境でこんなに美味しいものが食べられるなんて……」

「私が食べてきた中でも一番美味しいかもしれません」

「それは良かったです」

私は次々と皿を空にしていってくれる二人を見つめて満足した。

「おかわりは要りますか？」

「要る！」

「……私もお願いします」

「ええ、いっぱい食べてくださいね。それと、エミーは口元を綺麗にしてくださいね」

私が指摘すると、エミーが慌てた様子で口元を服の袖で拭った。それもどうかと思うけど、あまりうるさく言う必要はないか。私は席を立って、二人におかわりを渡した。

おかわりを受け取った二人は気持ち早めに食事を進めていく。そんな気持ちの良い食べっぷりを見ていると、トルテが首を傾げた。

「この野菜って、今まで美味しいものをたくさん食べてそうな二人でも美味しいって思えるぐらい凄いんですか？」

「……トルテ。アンタ、もしかして何か勘違いしてるんじゃないの？」

「えっ？」

「アンジェならともかく、私は野菜に関しては贅沢した覚えはないわよ？」

「そうなんですか⁉　てっきり皇族だから良いものを食べてるものかと……」

「それは名前に騙されてるだけよ。別に皇族だからって必ずしも美味しいものを食べてる訳じゃないって」

「国によって食事事情は異なりますからね。ちなみにですが、私が聖女候補として教会に入る前に城で食べていた食事よりも間違いなく美味しいです」

「ひえぇぇ……そんなに評価されちゃってるんだ……」

一度、食事の手を止めてからアンジェがトルテに説明してくれた。トルテは戦くように呻いた後、つんつんとスプーンで野菜を突く。少々お行儀が悪い。

私が軽く咳払いをすると、トルテが慌てたように野菜を突くのを止めた。よろしい。

「改めて、私は魔族についても、魔国についても全然知らないんですね……」

「別に皇族って言ってもねぇ、大したもんじゃないわ。単にヴィーヴルが魔族を纏めるのに一番都合が良いから皇帝って呼ばれてるだけよ。魔族の全てが皇族に忠誠を誓っている訳ではないんだから」

「そうなんですか？」

トルテが零した呟きに対して、エミーが食事の手を止めないままそう言った。

行儀が悪いので注意しようと思ったけど、トルテがエミーの話に興味を示したので注意するのは後にしよう。

「魔族には環境に適応しすぎて、そこに引き籠もってるような奴が結構いるのよ。わかりやすいのはエルフや、マーメイドの奴等ね。エルフは自分の領域に定めた森から離れるとわかりやすいぐらい弱体化するし、マーメイドの奴等も水辺にいないと打ち上げられた魚みたいに無様なことになるし、好んで自分の領域から出てくる奴はいないわ。それで外に出てくる奴等は変わり者だって言われるぐらいよ」

「へぇ～！」

エミーの解説にトルテが興味深そうに頷いている。それに気を良くしたのか、エミーの表情もとても柔らかい。

「それじゃあ、魔族は割と閉鎖的なんですか？」

「それは種族による。だからヴィーヴルが皇帝ってことになってるの。ヴィーヴルは魔族の中でも環境に左右されづらい種族だから動き回るのに適してるわ。やってることは調子に乗った馬鹿どもがやらかさないように殴って言うことを聞かせてるようなものだけど」

「殴って……？」

「強者には敬意を払うという国柄は、そうやって育まれた文化なのでしょう。皇帝と呼ばれていますが、その実態は魔族連盟の盟主と言うのが正しいのかもしれませんね」

戸惑いを見せるトルテに、アンジェが補足するように説明を加える。

エミーは鼻で笑うように息を吐いて、頬杖を突いた。そのまま食事を進めようとするので、流石に見過ごせない。

「エミー、肘を突くのは止めなさい」

「……はいはい」

「なんというか、もう環境そのものが聖国と違うんですね」

「全然違うわよ。それでも皇帝って名乗ってるのは聖国への対抗心だって言われてるくらいだし。どいつもこいつもプライドが高くてうるさいのよ」

「へぇ～！　でもエミーを見てたらわかるような気がします！」

「ちょっと？　それ、どういう意味よ？」

「食事中は喧嘩(けんか)をしないように」

「……チッ」

トルテを睨(にら)むように見ていたエミーに対して注意すると、小さな舌打ちが聞こえた。

自分の失言に気付いたトルテが目を泳がせていると、場の空気を変えようとするようにアンジェが口を開く。

「そういえば、ヴィーヴルは交わった種族の特徴を引き継ぐことが出来る特性があるんですよね？」

「何よ、急に。そうだけど」

「それもヴィーヴルが盟主になった理由では？　婚姻によって勢力が結びつきやすいのでしょう？　皇帝ともなれば妻がたくさんいると聞いたことがありますが」

「あー、そうね。私の兄弟姉妹も同じ親の方が珍しいぐらいだったし」

「あの、交わった種族の特徴を引き継ぐというのは……？」

「んー？　たとえばだけど、さっき名前を出したマーメイドは水辺に住むだけあって水属性の魔法が得意なのよ。で、ヴィーヴルとマーメイドが交わって生まれた子供が水魔法が得意なヴィーヴルとして生まれることが多いの」

「へー、それって他の魔族にはない特性なんですか？」

「ヴィーヴルほど顕著に影響を受ける種族はいないわね。ヴィーヴルはドラゴンの血を引いていて、ドラゴンも数多くの種類が存在してるからヴィーヴルの特性としても現れてるのかもね？」

「他の種族の血を取り込みやすいというのも盟主に相応しい特徴と言えます。ヴィーヴルが皇族と呼ばれるようになったのは自然の理でしょう」

「何よ、アンジェ。随分と持ち上げるじゃない？　機嫌でも良いの？」

「美味しい食事を頂きましたから」

「まぁ、それは確かに。これなら口も滑らかになるものよね。ちなみにヴィーヴルたちは領土を旅して回りながら生活してるの。魔族は力が強い奴が偉いって考えてる奴らばっかりで、縄張りの主張を巡った小競り合いとか起こすから。度が過ぎる奴等がいたら実力行使して止めるのが皇帝の仕事って訳ね」

「あぁ、それで……なんというか、魔国って凄い国なんですね」

　トルテが圧倒されたように小さく呟く。そんなトルテの反応にエミーが楽しげにクスクスと笑った。

「だから野菜なんて長期保存が出来るものぐらいしか食べないし、新鮮なものなんて歓待を受けてる時にしか出てこないわ。魔国でご馳走っていえば自分で狩った獲物とかだし。だから私にとって新鮮な野菜ってだけで贅沢なものね。それがこんなに美味しいんだから、文句の付けようもないわ」

「ところで、この野菜の美味しさは辺境ならではなのでしょうか？」

「えっ」

何気なく零したアンジェの質問に、トルテは笑みを浮かべたまま固まった。

その反応を見て、先ほどまで上機嫌に話していたエミーの表情が険しくなる。

「……ちょっと、トルテ？」

「いや、えっと、それは……多分、すぐにわかりますよ」

「待ちなさい。まさか、この野菜にも何かあるの？　トルテ、目を合わせなさいよ」

「盛り上がるのは構いませんが、ちゃんと食べてくださいね。残すのは許しませんよ」

流石に話し込みすぎだと思い、私は食べるのを促す。私に指摘されるとエミーはどこか釈然としない様子ながらも食事を再開した。

食事の進みを見るに、一番量を食べそうなのはエミーだ。アンジェは遠慮しているのかもしれないけれど、慣れたらまた変わるかもしれない。

焦る必要はない。じっくりと彼女たちと仲を深めていけばいい。

「先にお伝えしておきましょう。明日、朝から聖女の力を使いこなすための修行を皆にはして貰いますいます。トルテはわかっていると思いますが、汚れてもいい服装でお願いします。トルテは二人を起こして連れてきてくださいね」

「わかりました」

「どんな修行をするの？」

「それは明日になってのお楽しみということで」

「……不安だわ」

エミーは心底不安そうにぽつりと呟いた。

お楽しみだと言っているのに、何故なのか。

＊　＊　＊

「随分と朝早く起きて修行するわね、と思ってたけれど……先生？」

「エミー、何でしょうか？」

「これって何？」

「ご覧の通り、畑です」

「ご覧の通りって……」

私の答えにエミーが眉間に皺を寄せた。明らかに不服だと言わんばかりに腕を組む。

「もしかして、作物を育てて《祝福》をかけろって言うの？」

「おや、勘が良いですね」

「流石に豊穣の《祝福》は、聖女の義務の一つですから」

アンジェが言うように、豊穣の《祝福》は聖女の義務の一つであり、聖女が聖国で尊い存在と崇められている理由の一つでもある。

聖女が《祝福》をかけることによって豊作を齎すことが出来る。

食料は人が生きていく上で絶対に欠かすことの出来ないもの。聖女に寄せられる期待が高まるのは自然の話だろう。

私としても、豊穣の《祝福》はこれからの修行にとって重要なものだと認識している。

「貴方たちにはこれから畑に作物を植えて貰い、《祝福》で成長を促進して貰います。当然知っていると思いますが、《祝福》の力が強くなればなるほど、作物の実りは良くなりますよね？」

「……ん？　もしかして、昨日の野菜って？」

「私が成長させて収穫しました」

「……納得してしまうのが悔しいわね」

エミーは心底悔しそうに呟く。納得しているからこそ悔しいというのは、私の力に驚嘆しているのでしょう。多分、きっとそう。

「では、まずお手本を見せましょう」

「手本って言われてもねぇ、流石に豊穣の《祝福》ぐらいなら私たちでも……」

「始めます」

「いや、聞きなさいよ！」

エミーが何やら言っているけど、お手本として見せるためにも真剣にやらなければいけない。両手を握り合わせて目の前の意識を畑へと集中させる。

この魔法を扱うには、繊細なまでの魔力操作が求められる。故に丁寧にイメージを思い浮かべていく。お手本となるため、しっかりと詠唱も紡いでみせる。

「――〝我が意を此処に具現せよ、祈りに応え、大いなる実りを我らに与え給え〟」

最初はとても小さな変化だった。何も生えていなかった畑から小さな芽が顔を出していく。それをキッカケとして、ぐんぐんと芽は勢いを増して伸びていく。

芽の勢いは止まることはなく、私が祈りを止める頃には青々とした畑が広がっていた。

魔法が成功したことを見届けて、私はエミーたちへと視線を向けた。

「ふぅ、終わりました。それでは、収穫の準備をお願い致します」

「……いや、待って。待ちなさいよ、先生」

エミーが額に手を当てながら苦悶（くもん）の表情を浮かべていた。

もしかして、急に具合が悪くなってしまった？　それは良くない。

「エミー、顔色が悪いですが大丈夫ですか？」

「それどころじゃない！　何なのよ、これ！　こんなの私が知ってる《祝福（ブレス）》と違う‼」

「いえ、豊穣の《祝福（ブレス）》ですが？　それより、具合が悪いのに叫ぶのは良くないですよ」

「誰が叫ばせてると思ってるのよ！　《祝福（ブレス）》の効果が！　違いすぎるでしょうが！」

「……あぁ、やっぱこれ普通じゃないんだ」

「当たり前でしょ、トルテ！　これが普通であってたまるもんですか！　今までのも常識がないとは思ってたけど、これはもっとないわ！　とびっきり常識外れよ！」

「流石に私でも少し引きます。こんなの他の聖女にだって出来るかどうか……」

私に指を向けながら吼（ほ）えるエミー。それにアンジェまでもが首を左右に振っている。

「いえ、流石にここまでの速度ではありませんが、トルテも一週間ほどであれば収穫可能になるまでの練度はあります。なので、エミーとアンジェにも出来るようになります」

「トルテ……⁉　アンタもそっち側だったの……⁉」

「や、止めてください！　そんな異常者を見るような目で私を見ないで！」

三人は固まっていたのに、エミーが信じられないと言わんばかりにトルテから一歩離れる。ちなみにアンジェに至っては二歩ほど離れている。

「何⁉　これを私たちにもやれって言ってるの⁉」

「そうだと言ってるじゃないですか」

「無理よ、無理に決まってる！　普通、豊穣の《祝福》はせいぜいちょっと豊作になるようにするぐらいの効果しかないの！　一体どうやったらこんなことになるのよ⁉」

「もしかして、最初に説明から入った方が良かったですか？」

「当たり前でしょうが‼　先生ならちゃんと教えなさいよ！　まずは説明しなさい‼」

「これは先生、うっかり。では、まず何から説明しますか？」

エミーに怒り心頭と言わんばかりに怒られてしまった。これは流石に反省です。

「一体どうやって、こんな急成長を実現させているのですか？　私の知る限り、最高位の聖女たちでも不可能だと思いますが」

「アンジェ、それは単純に力の使い方が違うからですね。本来、豊穣の《祝福》は生育速度ではなく、広範囲にかけられるかどうかが評価の基準ではありませんでしたか？」

「……ええ、その通りです」

「私がかけた豊穣の《祝福》では、広範囲にかけるのは難しいんです。この広さの畑だから実現可能な方法という訳です」

「……範囲を狭めればいいというものではないと思うのですが」

「ええ。範囲を狭めただけでは力を消費しないだけで、ここまで効果を増幅させることは出来ません」

「じゃあ、一体どうやったのよ？」

「浄化と結界を併用してます」

「……は？」

エミーは私が何を言っているのかわからない、というように目を丸くさせた。

その隣でアンジェも似たような表情を浮かべている。そんな二人の様子を見ていたトルテは納得したように頷いた。

「やっぱり、これって結構無茶な所業だったんですね……」

「トルテ、そうは言いますが、説明すると単純なことですよ？《浄化》、《結界》、《祝福》、これら全てを効率的に組み合わせるだけですからね」

「……もっと頭が痛くなってきたわ。何よ、そのごり押しみたいな方法は」

「別に力任せにやってる訳ではないですよ。ただ、息をするように聖女の力を使いこなして貰う必要はありますが」

「……聖女の魔法を全て同時に発動させるだけでこれほどの効果が得られるんですか？」

「そもそも、教会の教育では聖女の魔法をそのように使うとは教えない筈です。本来であればこの方法は身につける必要のない技術ですから」

「それは、確かに……」

「聖女は世界の歪みを浄化出来る唯一の存在ですからね。聖女が使える魔法には攻撃魔法が存在しないので、必然的に守られる立場に置かれます」

「……まぁ、そうよね」

エミーは不機嫌そうに鼻を鳴らす。彼女の気質を思えば、そのように守られる立場に置かれることは気に食わないのはよくわかる。

「聖女はその力の性質から、効果が薄くとも広く長く力を使うことを求められます。ですので、私の力の使い方は異端と言うべきものでしょうね」

だからこそ、私の在り方を認めることが出来ないから教会は異端として排斥したいのだろう。まぁ、上の思惑など私の知ったことではないけど。私には果たさなければならない目的があるので、何を言われたところで止めるつもりもない。

「魔法を極めるために必要とされる技能は三つ。それは何でしょうか？　トルテ」

「えっと……〝放出〟、〝形成〟、〝付与〟の三つです」

「正解です。放出は魔法の出力、形成は魔法の制御、付与は魔法の維持が重要になっています。これは聖女の魔法にも置き換えることが出来ます」

「放出が《浄化(ピュアリファイ)》、形成が《結界(バリア)》、付与が《祝福(ブレス)》で合ってますか？」

「合っていますよ、アンジェ。私たちは魔力を操作することで魔法を形とします。望んだ効果を発揮するためには、これらを極めることが重要不可欠です」

「普通の魔法に置き換えれば、確かにそうなんだけど……」

「正直、習得は難しいです。それに普通の聖女として生きるなら身につける必要のない力ですが、貴方たちには是非とも私が教える聖女の魔法を極めて欲しいと思っています」

「……何故ですか？」

静かに問いかけてきたのはアンジェだった。真っ直(まっす)ぐに私を見据える瞳は、まるで何かを見透かそうとしているかのようだ。

これは真摯に返答しなければならないだろう。私は一呼吸を置いてから答えた。

「この力を極めれば、他人から何を言われても自分の道を貫こうと思えるからです」

「自分の道を貫く……ですか」

「力がなければ何かを成し遂げることは出来ませんから。特にエミーとアンジェは様々な思惑に振り回されてきたことでしょう」

彼女たちに与えられた身分は、祝福であるのと同時に呪いでもあったと思う。

そのせいで彼女たちは傷つき、捻くれた心を抱えてしまっている。エミーが他者に対して攻撃的なのも、アンジェが何を考えているのか悟られないように感情を覆い隠してしまっているのも。

私は縁あって彼女たちの先生となった。私が先生として彼女たちに教えてあげられるのは、この力の使い方と可能性について。そして、彼女たちが自分の意思で未来を選べるように。それこそが私のやるべきことだと思っている。

「私は私の持つ全てを貴方たちに教えるつもりです。この力が貴方たちに新たな選択肢を齎すと確信していますから」

「……そうですか」

私の言葉を受けて、アンジェはただそれだけを呟いて黙ってしまった。何か考え込んでいるようなので、今は触れない方がいいだろう。

そして、エミーもまた思うところがあるのか神妙な表情を浮かべていた。私が見ていることに気付いたのか、気を取り直すように首を左右に振ってから睨み付けてくる。

「……魔法を全部発動させることで豊穣（ほうじょう）の《祝福（ブレス）》がバカみたいな効果になってることは理解したけど、具体的にどうやってるのか解説してくれないかしら、先生」

「まず、魔力を《浄化（ピュアリファイ）》で自分が扱いやすい魔力へと変換します。次に《結界（バリア）》を展開して浄化した魔力が純化した状態を維持します。最後に《浄化（ピュアリファイ）》と《結界（バリア）》で効力が増した魔力を用いて《祝福（ブレス）》をかけることで実現しています」

「思ってたより情報量が多い！　何が単純よ、説明してないだけでめちゃくちゃ複雑じゃないのよ!?」

「そうですか？」

「こ、こいつ……！」

「あの、魔力を浄化すると扱いやすくなるというのは？　初耳なんですが……」

「おや、トルテ。もしかして気付いてませんでしたか？　聖女の魔力というのは、女神の影響が色濃く残っているものだとされています。そして、他の属性も子たる神々の欠片（かけら）によって齎（もたら）されているのでしょう？　これは私の経験による仮説混じりになるのですが、そもそも子たる神々を生み出したのは女神ですよね？」

「そうですね」

「つまり、元を辿（たど）れば子たる神々もまた女神に行き着くということなのです」

「だから浄化なのですか？　全て女神が大本だとするなら、魔力を浄化することによってより女神の魔力に近づく……？」

「私はそう考えています。しかし、幾ら浄化しようとも放置していれば元に戻ってしまうんです。浄化された状態を保つには、何かしらの条件が必要なのでしょう」

「浄化された魔力を保つことが重要……だから《結界》なのですか」

「ええ。《結界》で浄化した聖女の魔力を閉じ込めることによって外界との接触を減らして、その状態を保つのです」

「そして浄化された状態を保ったまま、《祝福》に繋げるんですね……」

「はい。満点ですよ、アンジェ。これらを息をするように出来れば、この速度で作物が育つようになります。あと美味しくもなります」

「だ・か・ら！　さも当たり前のように非常識を私たちに求めないでくれる!?」

「エミー、何で怒るんですか……？　先生、ちゃんと説明したのに……」

「説明したからって出来るようになるとでも!?」

「いいえ、昨日言ったじゃないですか？　意欲と試行回数だと」

「最後の最後で根性論ですって……!?」

「これがいつもの先生ですよ……」

「……苦労してきたのね、トルテ」

「わかってくれますか、エミー……！」

エミーとトルテは見つめ合い、そのままお互いを強く抱きしめ合った。何故だか、私をダシにしてエミーとトルテの友情が深まっているような気がする。解せない。

まぁ、これから苦楽を共にして貰う間柄になるのだから、仲が良いことに越したことはない。それで私が仲間外れにされるのも仕方ないことだと受け入れなければ。これも先生としての悲しい宿命なのだろう。

「それでは説明も終わったので収穫を始めましょう。今日の収穫が終わったら各自の畑を作っていきますので、明日からは各々の畑から収穫が出来るように頑張ってください」

「えっ、畑を作る？」

「はい」

「……土を耕すところからってことよね？」

「はい。これなら身体を鍛えながら食料も確保出来ます。我ながら理想的な方法だと自負しています」

「……ねぇ、トルテ？」

「アハハハ、だから言ったじゃないですか。その内慣れますよ、って……」

「目が死んでるじゃないの……」

「そういうエミーこそ……」

フフフ、アハハ、と見つめ合って笑い合う二人。それからエミーはふらりと揺れてから、何とか踏みとどまりつつも頭を抱えている。

そんなエミーを元気づけるため、私は言葉を投げかけた。

「エミー、もしかして……怖じ気づきましたか？　それとも、そんなに保存食を齧るような生活がいいんですか？」

「脅しよね、それ⁉　あぁもう、こうなったらやってやるわよ！　というかアンジェ！アンタ、何先に始めてるのよ！　抜け駆けするな！」

「あぁ、エミー！　アンジェー！　待ってくださいー！」

エミーがトルテとじゃれ合っている間に、アンジェは先に収穫を始めていた。慌てて二人がアンジェの後を追う。

その姿を微笑ましく思いながら、私は三人に声をかける。

「ちゃんと水分補給を忘れずにするんですよ。さぁ、今日も一日、頑張りましょう」

＊　＊　＊

聖女の力を高めるための修行として畑の開墾を始めてから早くも一週間が過ぎた。

そんな中で、疲労困憊になって座り込んだエミーが大の字に倒れながら叫ぶ。

「こんなの無理に決まってるでしょ！　最初から知ってたわ！」

「……流石に、参りますね」

エミーの隣にはアンジェが腰を下ろして、肩を落としている。

普段は感情を見せないように振る舞っている彼女も、疲労から来る倦怠感を隠すことが出来ていないようだ。

そんな二人にトルテは飲み物を差し出しながら、心配そうに声をかける。

「だ、大丈夫ですか？　エミー、アンジェ」

「トルテ……アンタは元気そうね？」

「え？　まぁ、慣れてますし……」

「慣れてる……これって慣れるようなものなのかしら？」

エミーが遠い目をしながらぽつりと呟き、アンジェが深々と溜息を零している。そんな彼女たちの様子を窺いつつ、私は三人が耕した畑を見る。

まずエミーの畑だが、畑としての体裁は整っている。体力はあるので力仕事は問題なかったのだろう。ただ、そこで止まってしまっている。

次にアンジェの畑。エミーに比べれば耕すのが足りておらず、見劣りしている。けれど、その一方で畑には既に芽が出始めている。

最後にトルテの畑。この畑は既に収穫可能な状態にまで成長が終わっている。そうして三人の畑を見比べ終えた後、私は三人に声をかけた。

「ふむ……エミー、アンジェ、トルテ。一度作業を中断して集まってください」

私が声をかけると、トルテはすぐにやってくる。エミーとアンジェは少し立ち上がるのに時間を要しながらも、トルテの横に並んだ。

「今日まで皆の作業を見てきましたが……エミー、アンジェ、自分たちがトルテとどれだけ差があるのか理解したでしょうか？」

「……そうね」

エミーは神妙な表情を浮かべて頷いている。声にこそ出さなかったものの、アンジェも同じ気持ちなのかエミーと同じような表情だ。

「落ち込む必要はないとまで言いませんが、トルテは私の下で三年修行しています。差が出るのは当然なんですよ」

「それは……まぁ、そうなのよね……」

「逆に差が出ないようでしたら、トルテの教育を見直さなければいけないところでした」

「怖い！　突然の死刑宣告くらい怖いことを言ってますよ、先生！」

「私を何だと思ってるんですか、トルテ」

何故、教え方を見直すことが死刑宣告に繋がるのか。一度、詳しく話し合いの場を設けた方がいいのかもしれない。

ともあれ、今すべき話ではないので本題に戻そう。

「聖女の力なんて磨く程、価値があるものじゃない。どんな理由があるにせよ、貴方たちがそのように考えていたのは察しています。しかし、私の元で学ぶなら考えを改めて貰う必要がありました」

「……改める気になったというか、完全に改めさせるつもりで私たちの心を折りに来てたわよね？」

おかしい、エミーまでトルテが私を見るような目で見ている。

まるで私が手加減の下手な人だと言っているように聞こえるけど、気のせいということにしておこう。

「自分の実力も測れたことでしょうから、一度方法を変えます。これからは三人で協力して畑を実らせるように切り替えたいと思います」

「協力……？」

不思議そうに首を傾(かし)げる三人に対して、私は軽く咳払(せきばら)いをしてから告げる。

「こほん。まずはエミー、貴方は《浄化(ピュアリファイ)》を担当してください。貴方がこの三人の中で最も浄化に優れた才能を持っています。まずは一点集中で《浄化(ピュアリファイ)》をものにすることを覚えてください。自分の力を実感した方が意欲的になるでしょう?」

「……見透かされたみたいで嫌になるわね」

エミーは心底嫌そうな表情を浮かべながらも、反発まではしなかった。ここで頑(かたく)なになられたらどうしようかと思ってたけど、杞憂(きゆう)で良かった。

「次にアンジェ、貴方は《結界(バリア)》を担当してください。貴方の魔力操作は目を見張るものがあります。繰り返し練習することによって、貴方は自分の可能性を知ることが出来るでしょう。それが貴方の最初の一歩になると私は確信しています」

アンジェはやはり何も返事をせず、眉間に皺(しわ)を寄せていた。一応、小さく頷いていたので了承してくれたと考えよう。

「そしてトルテ。貴方は《祝福(ブレス)》を担当してください。貴方は《祝福(ブレス)》を得意としていたからお手のものでしょう。二人のお姉さん役としてサポートをして、それぞれ得意なことを伸ばしてあげてください」

「お、お姉さん役……！　はい、先生！　わかりました！」

トルテはお姉さん役という言葉に強く反応し、しっかりとした声で返事をした。

お姉さん役とは言ったが、二人に比べると背丈が低いので頼もしさより愛らしさの方が際立っている。

そんなことを口にすれば怒られることはわかっているので、言わないけれど。

「それでは、今日まで頑張ったご褒美に一つ、貴方たちに見せておきましょう」

「ご褒美……？」

「貴方たちが進んだ先にある可能性ですよ。まず、魔法を扱うには魔力の操作もまた重要な要素です。魔力の扱いに優れる程、身体に巡らせた魔力によって身体能力が向上され、戦いに有利になります」

私は三人から距離を取り、見せるようにゆっくりと構えを取る。

構えを取るのに合わせて、全身に魔力を巡らせて集中力を高めていく。私の高まる魔力を察したのか、エミーの表情が険しくなった。

「次に《浄化》によって最適化した魔力を《結界》の応用で身体に巡らせた状態にします。この状態で自分に《祝福》をかけると、更に身体能力を向上させることが出来ます。魔力操作による向上と《祝福》による向上の重ねがけともなれば――」

とん、と。その場で軽く跳ねるようなステップで地を蹴る。しかし、既に魔力と

《祝福(ブレス)》によって強化された身体は勢いよく地を滑るように飛んでいく。

何度か角度を変えて、既に私を見失っている三人の背後へと立つ。

「――このように、常人では目に追えぬ速さを身につけることが出来ます」

「後ろ……⁉」

「見えなかった……⁉」

「あー、来るとはわかってたけど反応するのとか無理……」

背後を取られたことに気付いて、エミーとアンジェが素早く振り返る。二人の信じられないといった表情がそっくりで、どれだけ驚いたのかを知らせてくれる。

トルテは流石に慣れているから気配だけは追えていたようだけど、まだ甘い。

「更に極めた〝《浄化(ピュアリファイ)》〟は世界の歪(ゆが)みだけでなく、魔法そのものへ干渉することが可能となります。これによって魔法を打ち消し、向上した身体能力と合わせて相手の懐(ふところ)へ飛び込むことも可能です」

再び三人から距離を取ってから、構えを取る。

今度は動きを見せるためにも、丁重にゆっくりと自分が理想とする動きをなぞる。

「最後に《結界(バリア)》です。《結界(バリア)》は極めることによって様々な形へと変化させられます。これは守りだけでなく、攻撃に応用することだって出来ます。実践してみせましょう」

姿勢を低く、両足をしっかり踏みしめる。右手は捻るように腰だめに構えた。

深呼吸を一度、二度。呼吸が整ったのを確認して、制止。そこから一気に解き放つかの如く右腕を振るった。

この時、私の右手には結界が展開されていた。薄く、鋭く、細長く。手刀から剣のように伸びた結界が大地と空気を裂いていく。その名残を追いかけるように空気が腕を振った軌道に吸い込まれるように流れていく。

「このように、どこまでも薄く、鋭く研ぎ澄ませた形状で展開した《結界》は名剣を凌駕する可能性を秘めています。これが聖女の力を極めた先にあるもの、一つの到達点です。聖女の使える魔法に、直接攻撃するような魔法はありません。ですが、その全てを極めた先にはこれだけの可能性が秘められているのです」

エミーとアンジェは言葉もなく、ただ私をジッと見つめていた。それぞれ何を思っているのかはわからない。

だからこそ彼女たちの心に響けばいいと願いながら、私は自身の目標を告げた。

「これが私の目指す理想の聖女――〝一騎当千の最強〟です」

誰かに認めて貰わなくてもいい。ただ、必ず果たすと自らに刻んだ誓い。

それを口にすると、心を曝け出したことによる羞恥心でくすぐったくなってしまうのだけれど、私から心を開かなければ閉じていた彼女たちの心は開かないだろう。

「……ふ、ふふ、あははっ！　あっはっはっはっはっ！　聖女なのに一騎当千？　最強？　先生、本気で言ってるの⁉　何よそれ！」

心底おかしいと言わんばかりにエミーは笑い、両手で顔を覆ってしまった。

彼女の口調こそ、こちらをバカにしているようにも聞こえるけれど、その声は侮っているようには聞こえない。

今にも震えそうで、それでも隠そうと気丈に振る舞った結果の声なんだろう。そこまで渦巻く感情がなんなのか、それはエミーにしかわからないだろう。

暫く笑っていたエミーは、ゆっくりと呼吸を整える。それでも落ち着かないまま、細く途切れそうな息で言葉を押し出す。

「一体全体、そんなに強くなって何がしたいのよ……？」

「私の目的ですか？　そうですね……」

私は少し考え込むように口元に触れた後、視線を遠くにあるドラドット大霊峰へと向けた。その威容を見つめながら、答えを口にする。

「禁域とされたダンジョンの単独攻略……でしょうか。それが私の目的です」

「それ、本気で言ってるの？」

「当たり前じゃないですか」

　じゃないとこんなことを言わない。そんなことを思っていると、またエミーが笑い転げてしまった。

「エミーにはヴィーヴル由来の優れた身体能力があります。その点、私より才能があると考えてもいいでしょう」

「むしろ、殴り合いで負けたら恥になるわね！　いいわ、絶対に先生を超えてやるんだから……！　見てなさいよ！」

「ええ、見守っていますよ」

　この様子ならエミーは大丈夫だろう。

　後、残っている問題はアンジェ。そう思っていると、その本人から声をかけられた。

「ティア先生」

「何ですか、アンジェ？」

「……貴方は、どうして」

「……アンジェ？」

「……何でもありません」

　アンジェは問いかけを最後まで投げかけず、口を閉ざしてしまった。

私から視線を逸らしているので、恐らく声をかけても拒絶されてしまうだろう。

そんなアンジェの態度が気になったのか、エミーが不思議そうにしながらも心配するように彼女に視線を向けて、傍にいたトルテと囁きだした。

「何よ、アンジェの奴。どうしちゃったのかしら？」

「もしかして、先生にドン引きしちゃったとかでしょうか？」

「どうかしら？　多分、それはないと思うけど……でも、アイツが何を考えてるのか私もよくわからないのよね」

「え？　エミーとアンジェって仲が良いんですか？」

「仲が良い訳ではないわね。ただ境遇が似てたから、それとなく連むことが多かっただけ。腫れ物扱いなのは私もアンジェも変わらなかったから。私たちを纏めて放っておく方が楽だったんでしょ」

「度しがたい話ですね」

なんて勿体ない、と私は思ってしまう。

まだ出会ったばかりだけど、彼女たちには才能があると私の直感が言っている。

それなのに彼女たちは様々な思惑から心を閉ざし、周囲を拒絶するように生きていた。

それがどれだけの損失になるのか。

彼女たちを不遇の立場へと追いやった者たちは本当に理解しているんだろうか。憤っていると、そんな私の気配を察したのかエミーが視線を向けてきた。何か窺うように見た後、おずおずと問いかけてくる。

「あの、先生？　もしかして怒ってる？」

「ええ、未来ある子供を育てきれないなんて、教育を司る教会として許しておけない失態だと思ってます」

「……まぁ、そこまで言われても、あんまり実感がないんだけどね」

エミーはまるで照れ隠しをするように私から目を逸らして、そっぽを向いてしまった。何かと反発するような態度ばかり取っていた彼女だけれど、ちゃんと心を開いてくれれば耳を傾けてくれる。

問題児と呼ばれていた彼女だけれど、それは彼女だけの問題じゃない。彼女を問題児扱いする世間にもまた問題があるのだ。

だからこそ、やはり先生としてしっかりしなければ。エミーも、アンジェも、トルテも胸を張って素晴らしい人間だと思って貰えるように導かなければならない。

「大丈夫ですよ。ただ貴方たちは自分のことに集中していればいいんです。貴方たちの手に負えないことは、先生として私が対処しますので」

「……それも釈然としないんだけどね。それにアンジェは手強いわよ？」

「私はなんとなくアンジェの気持ちがわかっていますから。心配は無用です」

「えっ？　先生が？　人の気持ちがわかる？　まさか、ご冗談を！」

「……トルテ、もしや私のことを人の心を理解出来ない怪物だとか思ってませんか？」

どうしてそこで茶々を入れるんだろうね、この子は。やはり腹を割って話し合うべきだと思う——念入りにみっちりと。

「いたた！　先生を怪物だなんて思ってません、思ってないから頭を掴むのは止めてください！　頭パーンは嫌です‼　エミー、助けてください‼」

「助けてって言われても、頭パーンって何よ⁉　何をされるの⁉」

「ははは、ただのトルテの冗談ですよ。さぁ、修行を再開しましょうか」

「ちょっと⁉　何もなかったように話を進めるんじゃないわよ！」

エミーが元気よく叫ぶ。これだけ元気なら、この後の修行も頑張ってくれるだろう。

私も先生として気合いを入れていこう。

第三章　因縁

エミーとアンジェが辺境にやってきてから一ヶ月が経過した。

畑仕事を通して聖女の力を高める修行も順調に進み、少しずつその成果が見えてきている。特にエミーは熱心に畑仕事に取り組んでいた。

そして、彼女は自主的に私と手合わせを願うようになった。

「ハッ！」

「また動きが良くなりましたね、エミー」

「軽く防がれても、嫌味にしか聞こえないわよッ！」

「私も鍛えてますから」

まだまだ先生としてエミーに一本取らせるつもりはない。しかし、エミーは辺境に来てからというもの、成長がめざましい。

有り余る元気を私相手に発散している様は、まるで水を得た魚のようだ。魔法の扱いは粗いの一言に尽きるけれど、彼女には元々高い身体能力がある。

魔法の腕前を磨く度に実力が上がっている実感があるからこそ、熱が入るのだろう。なら、その情熱を損なわせることなく受け止めるのが私の役目だ。

「このッ！」

「甘いです」

「わっ⁉　きゃうっ‼」

動きが甘くなった瞬間を狙い、伸びきった腕を引き寄せるように体勢を崩す。そのまま押さえつけるように地面に組み伏せた。

倒されたエミーは悔しげに唸る。しかし、すぐに抵抗を止めて力を抜いた。負けを認める時は潔くて助かる。

「先生、強すぎ！」

「それはどうも」

「魔国でも先生ほど強い人って稀よ？　それなのに聖女なのよね……」

「まだ聖女の力に価値を見いだせませんか？」

「嫌でも思い知らされてるわよ！　他の聖女に悪いと思わないの？　先生と比べられるなんて可哀想になるわよ」

「何でエミーもトルテみたいなことを言うんですか？」

「自分の胸に手を当てて考えてみれば？」

不服だと無言で訴えてみたけれど、エミーには軽く無視された。

なので言われたように胸に手を当てて考え込むと、私の方を見ていたエミーが飲もうとした水を勢いよく吹き出した。まったく、水が勿体ない。

「げほっ、げほっ……！　本当にしなくてもいいでしょうが！」

「ただ言った通りにしただけなのに……」

「うるさい！　本当に自覚がないのか、惚けてるのかわかんないのよ！」

「そんなに怒鳴らなくても……稽古に付き合ってくれる先生を敬おうという気持ちはないんですか？」

「はいはい。……ところで、本当に大丈夫なの？」

「何がですか？」

「アンジェのことよ。もうここに来て一ヶ月経ったけど、アンジェとは全然仲良くなってないじゃない」

エミーは眉を寄せながらそう言った。わざわざ確認してくるところが、彼女なりに心配していることの表れなのだろう。そう思うと微笑ましいものだ。

それにしても、アンジェか。エミーとは対照的に彼女との距離は未だに離れたままだ。

「仕方ありません、人にはそれぞれ相性やペースというものが存在しますから。それに私は困っていませんよ」

「普通、教師って生徒と仲良くしようって思うものじゃないの？」

「エミー。貴方は自分がアンジェに好かれてると思っていますか？」

「うぐ……そう言われると、確かにちょっと距離は感じるけど……」

「付き合いの長い貴方にさえ心を開いていないというのに、私に心を開いて貰えるなどと、思い上がっていませんよ」

「……本当にそれでいいの？」

「よくはありませんが、私から歩み寄ってもアンジェが心を開いてくれなければ意味がありません。それならじっくり待つのも手でしょう。一応、トルテに様子を見て貰っていますし。心配してくれるのはありがたいですが」

「はぁぁあ⁉ 別に先生の心配なんてしてないけど⁉ と、とにかく！ 私はここの生活が思ってたより気に入ったの！ それなのに空気が悪くなるようなことになったら興ざめじゃない！」

「それなら構いませんが」

エミーは本当に感情の振れ幅が大きい子だ。けれど、それが良いところでもある。

私やアンジェのことを心配しているからこそ、こんな反応なのだろうし。

「……まぁ、アンジェはね。アイツも色々と抱えてることだけはわかってるし。それでも私には何も言ってこないし、尚更先生に心を開くのも難しいってことよね」

「あの子はとても繊細なようですからね」

「……あんまりわかったように言ってると嫌われるわよ。流石にアンジェがそういうのを嫌いなのはわかるわ」

「それもわかってますよ」

「物わかりが良すぎる時の先生は信用ならないのよね……」

何故なのか。エミー、やはり何かトルテから悪い影響を受けているのでは？　こんなに生徒のことを考えているのに、私は思わずそう思ってしまうのだった。

＊＊＊

「先生」

「おや、トルテ。どうしましたか？」

今日の夕食は私の当番だったので、その準備をしているとトルテが声をかけてきた。

一体何の用事かと思っていると、トルテは呆れたような表情を浮かべる。

「アンジェの様子を見ておいて欲しいって頼んだのは先生じゃないですか……その報告に来たんですよ」

「あぁ、そうでしたか。最近のアンジェはどうですか？　仲良くやれてますか？」

「うーん……ちょっと何とも言えないです。あそこまで本心を隠されると、何を考えてるのか全然わからなくて」

「徹底してますね」

　普段の授業や生活でアンジェは特に問題がある行動を起こすようなことはしない。指示すれば守るし、余計な反発もしない。

　代わりにこちらに何か働きかけたり、要望を言ってきたりすることも少ない。エミーのように感情を表に出してくれた方が私としては相手にしやすいんだけど。

　そういった点も踏まえて、アンジェとの距離感はまだまだ手探りの状態だ。

「……先生、一つ聞きたいんですけれど？」

「何でしょうか、トルテ」

「先生って、実はもしかしてアンジェと知り合いですか？」

　私はトルテの問いかけに、思わず彼女の顔を見返してしまった。

「どうしてそう思ったんですか？」

「いえ、なんとなくそうなんじゃないかな、って思っただけですけど……それに、私の気のせいかもしれませんし……」

「何で気のせいだと？」

「……えっと、私がそう思っただけですから、アンジェのことを誤解しないで欲しいんですけど。アンジェって時折先生を見てるんですけど……その時の目が、その……」

「はい」

「——先生を、憎んでるみたいに見えるんです」

トルテに告げられた言葉に、私は一瞬黙ってしまう。

それは言いにくかっただろう。むしろ、よく私を信じて言ってくれたと思う。

「そうですか。でも、大丈夫ですよ」

「え？　い、いや、大丈夫って……」

「仮にアンジェが私を憎んでいたとして、それが何か問題になりますか？」

「な、なりますよ！」

「どうしてですか？」

「だ、だって……もし本当にアンジェが先生を憎んでたら、私はどんな顔をすればいいんですか？」

「トルテ。貴方は必ずしも感情が思い通りにならないことも、それが時に人に信じられないような行動を導くものだということも知っている筈です。アンジェが私を憎むというのなら、それを変えることが出来るのは彼女本人だけです」

「そ、それは……わかってますけど……」

「アンジェが誰かと話をすることで感情を鎮めるキッカケになることはあるかもしれませんが、そのキッカケを私から敢えてアンジェに与えようと思いません」

「それで本当にいいんですか？　もしアンジェが先生を憎んでいるんだったら……」

「それでも、私はありのままの彼女を受け止めると決めているからです」

私の答えにトルテは目を細めて、疑いに満ちた眼差しで睨んでくる。何かを探るようにジロジロと見てくる様が実に小動物っぽい。

「……やっぱり知り合いなんじゃないんですか？」

「いいえ、お互いに面識はありませんよ。すれ違ってたことはあるかもしれませんが」

「……はぁ。私にはわかりませんよ。アンジェの気持ちも、先生が何を考えてるのかも。何も出来ることがないから、余計に心配になるんです」

「心配してくれるのですか？」

「心配しないとでも思ってるんですか⁉」

「いえ、ありがとうございます。嬉（うれ）しいですよ、トルテ」

「何だかごまかしているように聞こえますね……」

バレている。とはいえ、トルテにはまだ明かせないことも多い。疑われるのは仕方ないと割り切るしかない。

トルテはそのまま不審げな表情を浮かべたまま、私に問いかけてくる。

「……なんか、先生ってアンジェを特別に扱ってませんか？」

「そうですか？　でも、言われればそうかもしれません」

「どうしてですか？」

「彼女の気持ちがわかるから、と言ったら怒られそうですね」

「本当にわかってるとは思えないんですよ。だって、先生ですし。私が心配してるのにごまかすし！」

「それは心外ですね」

「だから先生は人の心がわかってないって言ってるんですよ！」

「それなら尚更、私は自分が決めた方法でアンジェと向き合いたいと思っています。だから、アンジェが私に心を開いてくれる時まで待ちます。今だって、特に問題が起きてる訳ではないでしょう？」

「……私が落ち着かないんですよ」

不満そうに唇を尖らせながらトルテはそう呟いた。すっかり拗ねてしまった様子の彼女の頭を撫でる。ふわふわとした髪の手触りが心地好い。

「ごめんなさい、トルテ。でも、私は大丈夫ですから」

「うぅ……根拠がなさそうなのに、何でそんなことを言うんですか……」

「たとえどんなことが起きても、トルテが恐れるようなことには絶対になりません。必ず私がそうしてみせます」

「……なるべく早く解決してくださいね。私、先生ともアンジェとも仲違いしたくないんで。初めての先生ですし、初めての後輩ですから」

「えぇ、わかりました」

私だって、いつまでもこの問題を放置しているつもりはない。それでも自分から動かないのは、いつか必ず彼女と向き合う時が来ると確信していたからだ。

その機会は、私が思っていたよりも早く訪れるのだった。

＊　＊　＊

夕食の後は、各々が部屋に戻り、思い思いの時間を過ごすこととなる。

眠るまでは自由時間なのだけど、そこで私を訪ねてくる者がいた。

「先生、今からお時間を頂いてもよろしいでしょうか？」

訪ねてきたのはアンジェだ。私は彼女の姿を確認し、その手に持っているものを見た。

思わず眉が寄ってしまったけれど、一体どこから見つけてきたのだろう？　そんな私の疑問に気付いているのか、気付いていないのか。アンジェはただ私を見つめている。

「今からですか？　それに、〝そんなもの〟を持って？」

「ダメでしょうか」

「……そうですね、構いませんよ」

「では、外へ行きましょうか」

アンジェに促されて、私は隠れるように外へと向かった。エミーとトルテには気付かれたくないからだ。

彼女も同じ気持ちだったのか、気配を上手に隠している。彼女にこういうことが出来るとは、意外だ。

アンジェが先に一歩進んでいるので、私はその背を追う格好となる。そこでどうしても気になってしまうのは、アンジェが持っているものだ。

「アンジェ、その〝剣〟は勝手に持ってきたんですか？」

「ええ、掃除の時に見つけたのでお借りしました」

しれっと悪気もなくアンジェはそう言った。彼女が持っていたのは、倉庫で保管していた剣だ。それも二本。ちなみに保管場所を教えた覚えはない。

「別に隠していた訳ではないですけど、あまり褒められたことではありませんね」

「エミーには手ほどきをしているじゃありませんか。なら、私がお願いしても問題ありませんよね？」

「それで剣を持ってきたのですか」

「受けてくれますよね？　先生」

「……わかりました。手合わせをしましょう」

これまで私に何かを望むようなことはしてこなかったアンジェ。そんな彼女が漸く望みを口にしたのだから応えてあげないといけない。

仮にここで断ってしまえば、彼女が私を先生だと認める日は来ないだろう。そんな確信があった。

私が了承すると、アンジェは剣の一本を投げ渡してきた。それを受け取って鞘から抜くと、彼女も同じように剣を構えた。

「それでは、行きます」

「お手柔らかに」

アンジェが一歩、踏み込む。加速は一瞬、懐へと飛び込んでくる。私は袈裟斬りに振るわれた剣に合わせて剣で受け止める。

剣戟の音が響き渡り、弾かれたアンジェが一歩後ろに下がる。

アンジェはすぐさまステップを踏み、身体を捻りながら側面に移動する。捻った体勢を利用して繰り出された横薙ぎの一線が空を裂く。

振り抜いた剣は紙一重の距離で私の身体に届かなかった。それも予想していたかのようにアンジェが踏み込んでくる。

流れが止まらず、剣が迫ってくる。時に受け止め、受け流し、距離を取って攻撃を躱し続ける。

息を吐く暇がないというのはよく言ったものである。これだけ途切れずに際どい攻撃を放つことが出来るのは、彼女の剣の腕前が優れていることの証明だろう。

「なかなかの腕前ですね。聖女にしておくには惜しいです」

「先生、手を抜いてませんか？」

「いえ。そんなことはしてませんよ」

「なら、これが先生の実力だとでも？」

一際大きく剣戟が鳴った。痺れてしまいそうな衝撃が剣を通して伝わってくる。

アンジェは先ほどよりも荒々しく踏み込みながら、私を鋭く睨んでいた。

「貴方の実力がこの程度の筈がありません。見せてくださいよ、先生の本気を。実は素手よりも剣の方が得意なんでしょう？」

「何故、そう思いましたか？」

「私が、貴方のことを知っているからです。それでもまだ、そんな態度を取るつもりなんですか？」

苛烈になっていく攻撃は、まるで剣を通してアンジェの感情を表しているようだ。

言葉よりも、態度よりも、彼女の剣は素直に感情を伝えてくる。だからこそ感じ取ってしまう。彼女の内に秘められた、獰猛なまでに荒れた感情を。

「聖女でありながら剣の腕も立ち、頭脳明晰だった。当時、誰もが貴方を称えた。それなのに、この程度の実力な筈がないでしょう？」

「アンジェ。貴方にどれだけ挑発されようとも、私は本気を出しませんよ」

「……何故ですか？」

「あくまで手合わせだからです。それにアンジェが見抜いた通り、私は本来剣を得意としています。ですが、剣を使った手加減は苦手なので本気は出しません」

「……どうしてですか？

「貴方を傷つける恐れがありますから」

「手加減が出来ないから？　本当に理由はそれだけですか？」

「……」

「そこで黙るんですか、先生。なら、私が貴方を殺そうとしても黙っていられますか！」

背筋を駆け抜ける悪寒に意識が一気に醒めた。首を落とす勢いで迫った剣を受け止めるように切り結びながらアンジェを見る。

彼女の瞳には、今まで表に出すことのなかった感情が現れていた。色濃い負の感情は青い瞳を焔のように揺らめかせている。よく今になるまで、これ程の激情を伏せていたものだと逆に感心してしまう。そんなことを言っている場合ではないのだけど。

「止めてください、アンジェ」

「貴方は全部わかった上で！　全部知った上で私にそう言うのでしょうね！　でも、それなら私が言葉なんかで止まらないとわかっているでしょう！」

わかっている。彼女が私の思うような感情を抱いているのなら、止まる理由がない。

彼女が剝き出しにした感情は、まるでどこまでも深く私を突き刺して癒えない傷を与えようとするかのようだ。

「――私は、ずっと貴方のことが憎かったんです！　ティア・パーソン！」

剝き出した感情が背を押したのか、紙一重で躱せた筈の剣の切っ先が頰を掠めた。

うっすらと裂かれた頰に赤い線が走り、血が流れ出す。血を拭うような隙はない。今もまだアンジェは私を引き裂かんと狙っているのだから。

「私を止めたいなら、無理矢理止めればいいじゃないですか！　貴方にはそれが出来るだけの力があるのでしょう⁉」

「アンジェに願われたのは手合わせであって、傷つけることじゃありません」

「まだ、そんな先生の真似事をするつもりですか！　他でもない貴方が！」

アンジェは納得がいかないと言わんばかりに叫びながら踏み込んでくる。

まるで嵐のような連撃だ。捨て身にさえ見えてしまう姿に悲しみを覚えた。

彼女が私に向ける感情にどうしても痛みを感じてしまう。でも、この痛みこそが彼女が抱えてきた感情の痛みだ。本当に痛かったのは私じゃない。アンジェだった筈なんだ。

「全部、全部！　貴方のせいじゃないですか！　異端の聖女！　教会に背いた背教者！

――私の、大事な人を見殺しにした〝裏切り者〟‼」

アンジェは、いつの間にか泣いていた。本人も気付いているのかどうかすらわからない。

ただ無我夢中で剣を振るっている。

納得いかなくて、自分じゃどうしようもなくて、ただ泣き叫ぶしか出来ないように。

「どうして、どうしてなんですか！　こんなに強かったなら、どうして――〝お姉様〟を見殺しにしたの‼」

――〝お姉様〟。その一言に私の動きが一瞬鈍った。

その隙を見逃さないと言わんばかりにアンジェが迫ってくる。彼女の悲痛な表情がはっきりと私の視界に映し出された。

「最高の聖女だって呼ばれてたのに！　どうしてなんですか！　貴方が、貴方たちがあんな失敗をしなければ、私はこんな人生を送ってなかったのに！　だから私は、貴方が許せないんですよ――ッ‼」

――ずぶり、と。肉を貫く感触が私を襲った。

一瞬、意識が飛びそうな痛みに顔を顰める。それでも目を閉じるようなことはしない。

目の前には唖然とした表情のアンジェがいる。彼女の持っていた剣は私の腹部を貫き、剣を伝った血がアンジェの手を濡らしていく。

「……え？」

戸惑うアンジェの声が聞こえる。返事をしようとすると、息を吐き出すのと同時に血を吐いてしまった。

口の中に血の味が広がっていく。相変わらず気分が悪くなるような不愉快な味だ。

「アンジェ……これで、少しは満足ですか？」

漸く現実の認識が追いついたのか、アンジェは戸惑ったように私を見上げる。

怒り、悲しみ、憎しみ、その感情が目まぐるしく入れ替わっているのがよくわかった。

「……わざと？　わざと受けたんですか？　何で避けなかったんですか⁉　貴方であれば避けられた筈でしょう！　それなのに、どうしてこんな真似(まね)を⁉　これで私が納得するとでも思ったんですか⁉」

私にどんな感情を向ければいいのかわからなくなってしまっているのだろう。そうなるように仕向けたとはいえ、酷なことをした自覚はある。

アンジェは苦しげに表情を歪(ゆが)めながら震え始めた。

「情けをかけられたって、こんなの惨(みじ)めになるだけじゃないですか……！」

「……そうですね。でも、大丈夫ですよ。この程度の傷では、死なないので」

アンジェの肩を押して、そのまま腹部に刺さっていた剣を抜く。抜いた際に血が吹き出てしまったけれど、傷口そのものはすぐに塞がっていく。

自分にかけた《祝福(ブレス)》による自己治癒だ。この程度の負傷なら意識せずとも治すことが出来る。それを把握していたからこそ出来た芸当だった。

残ったのは血を失ってしまったことによる倦怠感だけ。アンジェは何事もなく立っている私を見て呆けてしまった。

「これでも貴方の先生ですから。生徒に取り返しがつかない失態を犯させるつもりなんてありませんよ」

「……何ですか、それ」

ぽつりと呟いたアンジェの声は低い。噛みしめた唇は今にも噛み切ってしまいそうだ。

「本当に、滑稽じゃないですか……憎い相手に同情されて、どれだけ恨んでも何でもないように退けられて……！」

「本当に、何でもないと思っていますか？」

私は今日初めて、アンジェに対して厳しく声をかけた。

アンジェはびくりと身体を震わせて、驚いたように私を見た後、一歩後ろに下がってしまう。そんな彼女の手を掴む。血に濡れていた手には、まだ血の温かさが残っていた。

「アンジェ。貴方は今、人を刺しました。私でなければ死んでいたでしょう」

「……ッ！」

「仮に感情に任せたまま私を殺せたところで、貴方は満足出来ましたか？　こうして人を傷つけたことを、貴方は後悔せずにいられましたか？」

畳みかけるように告げた言葉に、アンジェの表情が歪んでいく。

肩を縮めて俯いてしまった彼女は、まるで怒られることを恐れる幼子のようだ。そんな彼女の肩を叩いて顔を上げさせる。

「アンジェ。貴方がやりたかったことは本当にこんなことだったんですか？」

「……ッ！　だったら、どうしろって言うんですか‼　よりにもよって、貴方がそれを私に言うんですか⁉」

私の手を振り払って、感情に任せたままアンジェが叫んだ。

血濡れの手で胸を掴んでしまったため、彼女の装束が血で汚れてしまう。それでも構わないというように強く掴みながら、涙を流して叫ぶ。

「こんなに苦しくて、悲しくて、悔しいのに！　どうしたら救われると言うんですか！」

「私は貴方を救う言葉も、力も持っていません。貴方の大事な人を奪った事実をなかったことにも出来ません。どんなに情けないと思っても覆しようもない」

私が告げた言葉は、剝き出しにした本心そのものだ。曝け出した心は痛みを思い出したかのように私を苛む。

だけど、それがどうした？　私自身の痛みなど後回しで構わない。私を憎む程の思いを抱えてしまった彼女をそのままにはしておけないから。

「だから、どれだけ恨まれても構いません。私はアンジェの思いを受け止めます。それが貴方にしてあげられる唯一のことだから」

先程振り払われてしまった手を、もう一度アンジェの手に伸ばす。

胸を強く掴んでいた手を、そんなに強く掴み続ける必要はないのだと労るように触れる。

今度は決して離してしまわないように、力強く握りしめた。

「アンジェ、私は貴方に死んで欲しくないし、恨みがあるというのなら全てを受け止めてあげたい。そして、いつか貴方が未来を望んだ時、前に進むことが出来るようにしてあげたい。そう願うのです」

「……どうして、私にそんなことを？」

「〝あの子〟が生きていれば、きっと貴方にそうしたでしょう。だから私が出来なかった彼女の分まで、貴方を助けたいんです」

私が言う〝あの子〟。アンジェが言う〝お姉様〟。

私が思い描く人の姿は、アンジェの中の彼女とどれだけ重なるだろうか。出来れば同じ印象であって欲しいと強く願ってしまう。

同じであれば、私たちは同じ痛みを抱えているのだと寄り添うことが出来るから。

「――遅くなって申し訳ありません。今まで助けられなくてごめんなさい、アンジェ」

私がそう告げると、アンジェが頼りなく私の手を握り返してきた。

その力は段々強くなり、やがてアンジェがしゃくり上げる。崩れた表情は幼子のように頼りなく、一気に溢(あふ)れ出した涙は胸を打って止(や)まない。

「……ぅっ、ぅぅっ、ウァァアア――――ッ‼」

やがて、堪えかねたようにアンジェは泣き出した。今まで押し込めていたものを全て表に出すように。

私はそんな彼女をただ静かに受け止めた。ただ彼女が泣き止むまで、ずっと。

＊＊＊

「……みっともない姿を見せて申し訳ありませんでした」

「別に構いませんよ」

私とアンジェは場所を私の私室に移していた。お互い、血に濡れた装束は秘密裏に処分することにした。今夜のことがバレたらトルテが騒ぐだろう。アンジェのためにも知られたくはない。

着替えを終えたアンジェは水で濡らしたタオルを顔に当てて、すっかり落ち着いた様子だ。むしろ落ち込んでしまっている。

彼女が感情を爆発させてしまったのは、私がそう仕向けたと言えるのだから気にしなくてもいいのに。むしろ、私を悪者にしてくれたって構わない。

これでも、今回取った方法が乱暴な荒療治だったことについては自覚がある。

「……先生は、全部わかってて私が言い出すまで待ってたんですか？」

「貴方が私を憎んでいるだろうな、とは思っていました。ただ、それでもアンジェの内心までは想像することしか出来ません。不確かな推測で下手を打ちたくなかったので、それなら貴方から打ち明けてくれるまで待った方がいいと思ったのです」

アンジェは私を憎む理由があるし、私はその憎しみが正当なものだと思っている。彼女が味わった不幸の原因に、私が関わっているからだ。

「本来であれば聖国の王女であり、聖女の貴方がこんな扱いを受ける必要はありませんでした。全ては〝四年前〟に犯した私の失態が原因です。それについてはどのように詫びていいのかわかりません」

「止めてください、先生。……もう、いいんです」

アンジェは目を冷やしていたタオルを下ろして、赤くなった目を私に向ける。

その時、彼女が浮かべていた表情は今までに見たことのないようなものだった。とても柔らかく、それでいて儚くて、触れたら消えてしまいそう。

恐らくこれが素の彼女に近いのだと感じた。今まで頑なに隠されていたからこそ、そんな風に感じてしまうんだろう。

「私はただ、このどうしようもない現実に対する思いを誰かに受け止めて欲しかっただけなんだと……先生はわかっていたんでしょう？」

「わかっていた訳ではありません。ただ想像しただけです。それなら、貴方はどういった行動を取るのか予想出来ます。あまり当たって欲しいとは思っていませんでしたが。それでも最悪じゃなかっただけマシです」

「最悪……先生が想像する最悪とは？」

「アンジェが全てを諦めてしまった場合です。何をしても心を開いてくれず、自暴自棄になって自らの死を受け入れてしまっていたら為す術がありませんでした」

「先生……」

「それなら、いっそ憎まれても良かった。生きてさえいれば、まだ手を伸ばすことが出来るかもしれないと。貴方が心を開いてくれた時、どんな言葉であってもそのまま受け止めようと誓っていたのです」

そう言うと、アンジェは俯いてから小さな声で呟く。

「……どうして、私なんかにそこまでしてくれるんですか？」

「私なんか、と言わないでください。貴方の大切な人……〝ジェシカ〟であれば、どんな人であっても助けたでしょう？　それなら私が貴方を助ける理由も、それで十分です」

私はアンジェの頭に手を伸ばし、そっと撫(な)でた。

〝ジェシカ〟と。その名前を口にしてしまえば、まだ胸が痛んでしまうけれど。

それでもアンジェが心を開いてくれるのなら、こんな痛みなんてどうってことはない。

「〝私の親友〟が、笑いながら可愛(かわい)い子だと言っていた子を助けるのにそれ以上の理由は要りませんよ」

私の言葉に、アンジェがゆっくりと顔を上げた。その目にはまた涙の膜が張ってしまっている。

いっそ《祝福(ブレス)》をかけて治癒すべきかと悩んでいると、アンジェが今にも消え入りそうな声で呟く。呟いたのは私への謝罪だった。

「ごめんなさい、先生。私は自分のことばかりで……あの人は、〝お姉様〟は貴方の親友だったんですね」

「はい。……掛け替えのない友人でした。彼女を失ったことをこれから永遠に悔やみ続ける程に。それ程までに尊敬していました」

そう。きっと、これから何があろうとも忘れない。

胸を貫き続けるこの痛みは、癒えることはない。

永遠に尽きない後悔を、私はこれからも抱え続ける。

それでも、出会えた幸運までなかったことにはしない。そう心に決めている。

だから自然と笑みが浮かべられた。それが却ってアンジェを刺激してしまったけど。

「本当に申し訳ありませんでした。私に貴方を罵倒する資格なんてなかったのに……」

「構いません。それでアンジェが心を開いて前を向いてくれるならいいのです。こちらこそ遅くなってしまって、申し訳ありませんでした」

「遅くなった、と先生は言いますけど……どうしようもなかったでしょう。自分で言うのも何ですが、簡単に私と会えるような立場じゃないことは理解してます」

「それでも私が辺境に追放されなければ、側に行くことが出来たかもしれませんから。……そうしなかったのは私の意思ですし」

思わず最後にそう呟いてしまい、余計なことを言ってしまったと唇を噛む。

すると、アンジェは意を決したような表情を浮かべる。静かに私を見据える瞳には、今までになかった力強さを感じる。

「……先生。教えてくれませんか？　どうして先生は異端の聖女として辺境に追放されたのかを。そして、全てが変わってしまった〝四年前〟のあの日に何が起きたのか」

「アンジェ、それは……」

「今まで、あの日の真実を教えてくれる人はいませんでした。でも、貴方はその中心にいて、全てを知っていた筈です。私は全てを知りたい。その上で自分の進む道を決めたい。だから教えて欲しいんです」

ああ、そうか。彼女は覚悟を決めてしまったのか。

今まで伝え聞いていたアンジェの噂は、どれも深窓の箱入り王女というものばかりだ。

既に彼女を産んだ母親は亡くなっており、亡くした妻を愛していた王に可愛がられていた。それ故に甘やかされ、薬にも毒にもならない無能に育ったお姫様。

そんなの、今の彼女を見ていれば嘘でしかないとわかる。アンジェはただずっと耐えてきたのだろう。

自分では慰めることも出来ない感情に振り回され続けながら、それでも機会が来れば望みを叶えるために踏み出す勇気を秘めて。

覚悟を決めたアンジェに応えるべきだ。これからも彼女の先生を名乗るのならば、必ず向き合わなければならない。

「……わかりました、少し長くなりますよ。全てのキッカケになった〝四年前〟。あの年は私を含めた多くの聖女が優秀な成績を修めており、黄金の世代と呼ばれていました」

あの日々は私にとって、今の私になるために欠かすことが出来ないものだった。

宝物は何か？　そう問われたら、今でもあの日々だったと返してしまうだろう。

「私はそんな優れた聖女たちの中でも最も優れた成績を修めたと言われていましたが……最も尊敬すべき聖女は別にいました」

今でも鮮明に思い出すことが出来る。私にとって道標であり、永遠の憧れであり、最高の親友であった彼女のことを。

「それがアンジェもよく知る人――〝ジェシカ・アルティン〟でした。王家の傍系であるアルティン家に生まれた聖女であり、当時は〝最も高貴な聖女〟と呼ばれてました。彼女は私に進むべき道を示した人であり、誰よりも尊敬していた親友でした」

＊＊＊

四年前と言えば、私が今のアンジェたちと同じ年だった頃だ。

爵位の認定を受ける卒業の日が近づいていて、それぞれの道を進むため別れを惜しむ人たちで賑わう中、私は喧噪を避けるように人気のない中庭で一人稽古をしていた。

私は孤児で、特に親しいと言える人も少なかった。その数少ない友人が皆、王都に残ることが決まっていたので別れを惜しむような空気に馴染めなかった。

そうして剣を振っていると、〝彼女〟――ジェシカはどこからともなく嗅ぎつけたようにやってきた。彼女は長い黒髪を揺らしながら、澄んだ青い瞳をキラキラとさせながら私に迫ってくる。

……何でこれ程までに懐かれたのか、今となっては不思議でならない。

「ティアー！」

「……何かご用ですか？　ジェシカ」

「何って、またティアが剣の素振りしてたから見に来ただけ！」

「見世物じゃないですよ」

「だから見世物だったらお金たくさん貰えそう！」

「だから見世物じゃないですって」

とにかく押せ押せで会話するの、本当に良くないと思う。人の話を聞いてるのかと尋ねたくなってしまう程だ。

どうせ言っても聞かないのだから無視する。一人稽古を再開しても、ジェシカはどこかに行く気配はない。挙げ句の果てに座り込んで観察を始める始末だ。

触れてもいいことなど一つもないと、私は剣を振ることに集中する。

「ティアの剣は本当に綺麗だよね」

「……突然なんですか」

「思ったことを言っただけだよ？」

集中が途切れてしまって、一気にやる気を失う。邪魔をしに来たのなら的確な方法だと思う。

そんな思いからジェシカを睨んでいると、何を勘違いしたのか勢いよく起き上がって腰に下げていた剣を抜いた。

「ふふ、ティアが剣振ってるところ見たら私もやりたくなっちゃった！　よーし、今日は一本取るよ！」

「……はぁ、わかりましたよ」

何を言ってもどうせ無駄。そんな諦めの気持ちから私は一人稽古からジェシカとの稽古に切り替えた。

それから何本も立ち会ったけれど、私が全勝。ジェシカの腕は決して悪くないけれど、負けるつもりは一切ない。

これからも強く生きていくためには、貪欲なまでに求め続けないといけないのだから。

そうして汗を拭っていると、大の字で寝転がって息を荒らげていたジェシカが悔しそうに叫んだ。

「あーっ、今日もダメだったかー！　悔しいなー！」

「悔しいと言うならもっと悔しそうにしたらいいじゃないですか？」

何で悔しいって言いながら笑ってるんだろう。まったくもって理解が出来なかった。

「わかんないかなー！　わかんないかー！　ティアだもんねー！」

「バカにしてます？」

「悔しいけれど、それよりもずっとティアが凄いな！　って思うからだよ！」

「……バカにされてる方がまだマシでした」

「何でー!?　でもでも！　本当にティアは凄いんだよ！　聖女なのに官吏と騎士の任命も受けたのってティアだけでしょう？　流石、最も優秀な新米聖女様！」

「最も高貴な新米聖女様も負けてませんよ」

「それはティアを嫌いな人が私と対抗させようとして持ち上げた渾名だから嫌い！」

「事実でしょう？」

「高貴なだけで偉い訳じゃないもん！　そりゃ王家とは血縁だけど、それだけだし！」

それは、それだけと言ってもいいものなのだろうか。貴族様というのは本当に理解の外にある人たちだと思い知らされる。

何とも言えない徒労感に襲われていると、ふとジェシカが問いかけてきた。

「ティアはそんなに強くなって、何をしたいの？」

「……貴方が言ったんじゃないですか」

「私？　私、ティアに何か言ったっけ？」

　本当に心当たりがないのか、ジェシカは不思議そうに首を傾げる。

「覚えてないんですか。昔、私が孤児なのに成績が優秀だったから不正なんじゃないかと詰め寄られていた時があったじゃないですか」

「あー、そんなこともあったっけ？」

「どうでも良かったので無視してましたが、それを見た貴方が飛び込んできたんですよ」

「あぁ、そうだった！　思い出したよ！　だって、ティアが成績優秀だったのはそれだけ努力してたからでしょ？」

「それです」

「それ？」

「私の実力は私が努力したから。聖女を目指すのなら、謙虚に事実を認めることも大事だと説いたじゃないですか」

「そんな立派なこと言えたんだ、私！」

「素敵な記憶力ですね。幸せそうで何よりです」

「褒められた！」

「おめでたい頭ですね……それからこうも言ったんですよ。聖女は聖国の象徴とも言うべき尊い存在なんだから、それに見合った品格を身につけるべきだと。それから私に絡んでくるようになったんじゃないですか」

「あー……なんかティアと仲良くなりたかったから、チャンスだと思ったことしか覚えてない！」

「……まぁ、それがあって今の私がある訳です」

ジェシカと知り合う前の私は、それこそ誰であろうと無関心というか、他人からは見下しているように見えていたようだった。

それが尚更周囲の反感を買っていたのだけど、ジェシカが絡んでくるようになってからは聖女として相応しくあろうと意識した。

それからは表立って私に文句を言うような人たちは少なくなった。認めるのは釈然としないけれど、ジェシカの言うことには一理あったのだと思うしかない。

「恨まれるよりも尊敬されるようになればいい。ティアにはそれが出来るのだから、と貴方が言ってくれたんですよ」

「……あれー？　そんな小っ恥ずかしいことまで言ったっけ？」

「成る程、成る程？　つまりティアは私が言った言葉を大事にしてくれたから凄く立派な聖女になれたってことだね？　私のお陰じゃん！」

「言いました」

「そうだと言ってますが？」

「うっ、ティアって臆面もなく恥ずかしいことを言ってくるよね……」

ジェシカは突然、指で髪を巻くようにくるくると絡め取りながら照れ始めた。

私が恥ずかしいと思うようなことは大抵平気なのに、相変わらずよくわからない子だ。

「何が恥ずかしいのかよくわかりません」

「だって、嬉しいんだよ」

「嬉しい、ですか？」

私はジェシカが嬉しがる理由がまったく思い当たらなくて首を傾げてしまう。

すると、ジェシカは照れくさそうに笑ってから頬を掻いた。

「だって、ティアって私の理想なんだもん。目標にしてる人が、自分がこんなに立派になれたのは私のお陰だって言ってくれてる訳でしょ？　なんか、不思議な感じだけど悪くないなって！」

「……そういうものですか」

むしろ、そんな風に真っ直ぐ言ってくる貴方が私を恥ずかしくさせてるんだけど。

「えへへ！　やっぱり私たち、親友だね！」

「親友……？」

「どうして不思議そうな顔をするの⁉　もしかして嫌なの⁉」

「ジェシカ、世間一般的には私は孤児で、貴方は王族に連なる由緒正しき貴族です。身分差を考えれば友達になるのも難しい間柄なんですよ」

「そんな常識、ティアと友達になれないなら要らないよね？」

「要らないとか、そういう問題じゃないんですが……」

思わず呆れたように呟くと、ジェシカは目を吊り上げながらずいっと顔を寄せてくる。

思わず仰け反ってしまうけれど、ジェシカは決して離れようとしない。

「じゃあ、ティアは世界がお前は聖女に相応しくない存在なんだからもっと大人しくしてろって言われたら黙って従うの？」

「……いいえ。どうでもいいですね」

「そうでしょ？　だったら自分を貫き通せばいいんだよ！　勿論、認められるように努力することも大事だけどね！　でも、譲るのは違うでしょ！　私だってありのままのティアが好きで、友達になりたいと思ったんだから！」

「……気になったんですが、どうしてそこまで私と友達になりたかったんですか？」

「それはね、ティアが私にとって一番理想に近い聖女だから！」

ジェシカは、まるで輝く太陽のように明るい笑みを浮かべながらそう言った。

近づけていた身体を離して、一歩距離を取ってから両手を広げながらくるりと回る。

「私ね、聖女に生まれたことに大きな意味があると思うんだ。聖女には世界の歪みを浄化する力があって、人を癒やしたり、守ったりすることが出来るよね？」

「ええ、そうですね」

「それって女神様は力を必要とする人がいるから授けてるんじゃないかと思うんだ。だって、聖女じゃないと救えない人が現実にいて、今も苦しんだり、悩んだりしている人たちがいる。そんな人たちを救う力を与えられたのなら、その力に見合った生き方がしたいじゃない？　だから私にとってティアは憧れなんだよ！」

……あぁ、何というか。

ジェシカは、やっぱりよくわからない。

どうしてそんな眩しい笑みを浮かべながら、成績が良かっただけの孤児にそこまで言えるのか。理解なんて出来なかった。

「……そうですか」

「えへへ、そうなんだよ!」

「なら、私も聖女として恥ずかしくないように頑張らないといけませんね。貴方の期待を裏切ると後で怖そうです」

「ティアなら大丈夫だよ」

ジェシカははっきりとそう言った。何故かその時はいつもの様子ではなく、アルティン家という偉大な貴族の名に恥じない嫋やかな仕草で告げる。

私は今でも、その時の言葉を覚えている。

そして、これからも忘れることはないと確信している。

「──ティアはきっと、この世界で誰よりも素晴らしい聖女になるから」

＊　＊　＊

「そうして、ジェシカは周囲から浮きがちな私を手繰り寄せて縁を繋いでくれたんです」

「……お姉様らしいですね」

ジェシカの思い出を話す際、アンジェは目元を濡らしながらも穏やかに聞いてくれた。

ジェシカらしい、と言ってくれたアンジェに私も同じ思いを抱いた。それが嬉しくて、胸の奥がじんわりと熱くなる。

「今振り返ると、ジェシカの優しさと明るさに救われていたんだと思います。アンジェにとって、彼女はどんな人でしたか？」

「私にとってジェシカお姉様は実の兄弟姉妹よりも姉でした。私は他の兄弟姉妹たちとは母親が違って、折り合いが悪かったので……」

「話は聞いていましたが、そこまでですか」

「ええ、それはまぁ。なので私の遊び相手としてジェシカお姉様が来てくれる日を指折り数えながら待つ程、大好きでした。本当に色んな話を聞かせてくれて、私を笑わせようとしてくれました。勿論、先生の話もしてましたよ」

「私の話を？」

「ええ。どれだけ強くて、どれだけ立派な人なのか。自分が目標にしている人で、負けられないんだって何度も語ってました」

「……そうだったんですね」

アンジェは、だから私のことをより憎むしかなかったのかもしれない。ジェシカという胸を占める大きな存在を失ってしまったことに、耐えられなくなってしまうから。

「私も、ジェシカからアンジェのことは聞いていましたよ」

「……ジェシカお姉様は、私についてどんな話をしてましたか？」

「可愛い妹分だと、守ってあげたい人なんだと愛おしそうに語っていました」

私がそう言うと、アンジェが呼吸が止まりそうな勢いで息を止めた。

そして、じわりとアンジェの瞳に涙が浮かんでいく。それが、よく見えてしまった。

「……ッ、ごめん、なさい……！　つい、涙が……」

「大丈夫ですよ、涙を拭いてください」

堪えられなかった涙を拭いながら、涙声でアンジェが呟く。私がハンカチを差し出すと、お礼を言いながら受け取ってくれた。

涙を拭う間も、アンジェが笑みを絶やさなかったことが救いだったと思う。

「ジェシカお姉様の話をするのは、本当に久しぶりで、つい涙が出ちゃいますね。あの日からジェシカお姉様の話は触れてはいけない話になってしまったので」

「……そうですね」

アンジェに返事をする声が、ついかたい声になってしまうのを堪えられなかった。

私の声の調子に気付いたのか、アンジェも笑みを消して神妙な表情を浮かべる。楽しい思い出話はここまで、と告げているかのようだ。

「ジェシカお姉様が亡くなった四年前、国が大きく方針を変えた事件――その事件で多くの聖女と騎士たちが命を失いました」

「――はい。事件が起きたのは禁域に指定されているダンジョン〝神々の霊廟〟。毎年、聖国が聖女と騎士による浄化を行い、国の安寧を願う伝統的な儀式の最中でした」

「……儀式が失敗したことで、国王であるお父様が倒れてしまいました。そして国の方針は大きく変わり、積極的なダンジョン浄化から数を減らした聖女を保護するための方策に切り替えられました。事件の詳細は一部の王族と、教会の上層部にしか報されていません。当時の状況を知っている人たちでさえ口を閉ざし、語りたがりません」

「ええ、そのように決められましたからね」

目を伏せながら事実をなぞるように呟くアンジェ。それからゆっくりと目を開き、私を真っ直ぐに見つめる。

そして、彼女は距離を詰めてから覚悟を決めたように口を開いた。

「先生。儀式が失敗した日、一体何が起きていたんですか？」

「私も全てを知っている訳ではありませんので、体験したことしか話せません。それでもいいですか？」

「それでも、構いません。お願いします」

「……わかりました」

返事を口にすると、思い出したくないあの瞬間が脳裏に過っていく。

何度繰り返しても、鮮明なあの日の後悔が胸を焼く。拳を強く握りしめることで、揺れそうな気持ちを抑え込んだ。

「あの年の儀式は、例年より優秀な聖女が揃っていたということでいつもより深度を進めて浄化すると話し合いで決まっていたのです。ダンジョンは放置していると〝世界の歪み〟の濃度が増して、様々な悪影響を及ぼしますからね」

「ダンジョンやモンスターの増加。また、拡大したダンジョンが繋がると、危険度が跳ね上がってしまいます」

「その通りです。あの日の儀式は特に大きな問題が起きることもなく進みました。新米である私たちは後方支援として中継地点の維持と防衛を担当していて、最前線には先遣隊として先輩である聖女と騎士たちが奥地へと向かいました。だからダンジョンの奥で何があったのか、私でも全てを把握出来ていた訳ではありません」

「……はい」

「本当に突然でした。魔物がダンジョンの下層から溢れ出してきたんです。その数は膨大で、中継地点の防衛もままならない程でした」

「……それでは、先遣隊は？」

「先遣隊は全滅したと考えられ、中継地点の指揮を執っていた騎士も命を落としました。指揮官を失い、混乱する皆を纏めたのはジェシカでした」

「お姉様が……」

「ジェシカは生き残りを引き連れて、地上に引き返すことを決めました。生き残った者たちの中で指揮を執るとしたら彼女が最適だったので、誰も異論を挟みませんでした」

あの場では、それが最善だった。

指揮官が殉職してしまったため、誰かが急いで纏めなければならなかった。

それが出来たのも、アルティン家の息女という立場があったからだ。あれ程、ジェシカのことを頼もしいと思ったことはなかった。

「しかし、私たちが引き返す間にも魔物たちの襲撃は止まらず、多くの聖女がいても戦線の維持が追いつかない程に追い詰められました」

「そんな……」

「……最初は負傷した騎士たちがもう自分たちは助からないと命をかけて殿に残ったことがキッカケでした。それを繰り返していき、聖女たちを守る騎士たちの手も足りないという状況にまで追い詰められていきました」

アンジェの表情が段々曇っていく。恐らく、彼女も察してしまったのだろう。どうしようもなかった結末が迫っているのを。

「戦う力を持たない聖女たちは、もう絶望しきっていました。生き残った騎士たちもいましたが、戦友が次々と死地に残ったことで次は自分の番だと覚悟を決めていました」

あの瞬間が、最も地獄だった。そこで膝を突いて、絶望に頭を垂れても誰が責めることが出来ただろう。それ程までに希望が見えない状況だったのだから。

「何度目かわからない魔物の襲撃が予兆された時でした。騎士たちが殿に残ろうとした時、止めたのはジェシカでした」

「……ッ」

「彼女はこう言いました。——最後の殿に残るのは自分だ、と」

アンジェが息を呑む音が鮮明に聞こえてしまう。

一方の私は、苦い思い出の中に残る言葉を繰り返すだけで血反吐を吐き出してしまいそうだった。

「脱出は目前でした。しかし、このまま私たちが脱出すると追ってきた魔物がダンジョンの外に溢れてしまう。入り口で待機していた騎士たちもいましたが、そのまま進めば混乱は避けられないでしょう」

「それで、お姉様が殿に……？」

「戦線を維持するためには聖女たちを失う訳にはいきません。戦う力がない聖女を守るためには騎士が必要です。脱出して態勢を立て直すためには誰かが時間稼ぎをする必要がある。だから、自分が残ると」

「……そんな」

「殿に残るとしても、結界を張るだけの余力を残していたのは私とジェシカぐらいなものでした。私は聖女としてではなく、騎士として魔物の相手をしていたので。といっても、当時の私は今ほどの力もなく、迫ってくる魔物を倒す程度しか出来ませんでした」

思わず力なく首を左右に振ってしまった。その時に感じたどうしようもない程の無力感が鮮明に蘇ってきたから。

「だから、私は最初に自分が残ると言いました。まだ他の聖女に比べれば戦う術を持っていて、魔力も残っているからと」

「……でも、ジェシカお姉様はそれを退けたんですね」

「はい。今でも夢見る時があります。――ジェシカと最後に言葉を交わした時のことを」

＊　＊　＊

――当時の記憶は、胸の痛みを引き換えにして鮮明に思い出すことが出来る。

「納得出来ません！　ジェシカが殿に残るだなんて、そんなの認められる筈がない！　それなら私が殿に残るべきだ！」

「それはダメだよ、ティア」

「どうして!?」

　いきり立つ私に対して、ジェシカはどこまでも落ち着いて笑みを浮かべている。

　まるでいつもの私たちが逆になってしまった状況で、私は冷静さを欠いていた。

「殿に残れば、最悪命はない。だけど、ここはまだ浅い階層だから救援を急いでくれれば間に合うかもしれない。物資は最低限だけど持ち出せているし、一日や二日くらいなら籠城も可能だよ」

「だったら、尚更私が残るべきだ！」

　声を荒らげて訴える私に、ジェシカはゆっくりと静かに首を左右に振る。どうしてわかってくれないの！

「この先、また襲撃がないとも限らないんだよ。最悪、ここで逃げても別の魔物の集団にぶつかって全滅する可能性がないとは言えない。だからティア、貴方だけでも脱出組についていく必要があるの」

「それなら逆でもいいでしょう!?　私は生き残るべき命の価値の話をしているの！　平民

の孤児と、貴族の娘！　どっちが生き残るべきか、わかるでしょう⁉　今、皆を従えられるのは貴方しかいないのよ！」

「だったら貴族として命じるわ。ここは私に任せて皆は地上へ脱出しなさい」

「ジェシカ！」

私が怒鳴ると、ジェシカは困ったように笑みを浮かべながら眉を下げた。

「だったら、ここで全滅する？　それが一番、ここまでの犠牲を無駄にすることだってわかってるでしょ？　今、ここで揉めて体力を浪費したら生き残る可能性は下がるわよ」

「だったら、貴方が折れてよ！」

「――ティアは私を、助けに来てくれるでしょ？」

それは、あまりにも卑怯な言葉だった。

言葉をなくした私に、ジェシカは残酷なまでに優しい声で私の意思を縛っていく。

どうして、今、ここで、そんなことを言うの⁉

「……ッ、それは……！」

「私が戻ったら、もう一度ここに戻ってくることは許されない。それこそティアが言う

〝立場〟があるもの。でも、私が残ってるなら救出に騎士たちを動員してくれるかもしれない。私には〝立場〟があるからね。ほら、簡単なことでしょ？」

「そんなの……！」

「それとも、ティアは私を助けてくれないの？」

「……卑怯だ」

「私はティアほど、強くないからね。こうでもしないと張り合えないからさ」

何で張り合う必要があるの。張り合わなくていいから、さっさと折れて欲しい。

そう言いたかった。でも、言えなかった。もし言ってしまったら、ジェシカに見限られてしまいそうだと思ってしまった。

だから、私が言えたのは強がりだけだった。

「絶対に戻ってくる」

「うん」

「だから、貴方も絶対に生き残って」

「うん」

「約束だよ」

「うん、約束だ」

それは、私自身にかけた呪い。そうでもしなければ動けなくなってしまいそうだった私に無理矢理縫い付けた操り人形の糸。

同じように呪いをかけたジェシカは、いつものように明るく笑ってみせた。

「ティア、急いでね。時間がないから。あと希望者は残ってくれてもいいよ。希望を繋ぐための大任だね！　お父様に掛け合って褒美だって用意しちゃうよ！」

「そりゃいい！　それなら走り回るより、ここに残って楽をさせて貰おうかね！」

「おう、そうだな！　苦労するのは若者に任せるとするか！」

「そら、さっさと行け！　でないとお前たちが持っている分の食料も食ってしまうぞ！」

ジェシカに釣られるように老年の騎士たちが腕を振り上げている。

若い騎士たちはそんな騎士たちに背中を押しやられ、私と同じような表情になった。

聖女たちは、啜り泣くような声を零しながらも決して歩みを止めることはない。

進むしかない。そう自分に言い聞かせるように、私たちの行進は再開された。

「絶対に、絶対に助けに戻るから……ッ‼」

後ろ髪を引かれて、後悔に足を取られそうになりながらも全力で走った。

急がないと間に合わない。早く地上に戻って、助けに行かないといけない。

途中で脱落した人がいた。それでも歩みを止める理由にはならない。犠牲にしてきた人のためにも進み続けなければならない。

「はぁ……！　はぁ……！　地上……！」

そして、私は地上の光を見た。飛び込むようにダンジョンを脱出した私は、すぐに入り口で控えてた騎士たちに状況を知らせた。

途端に蜂の巣を突いた騒ぎのようになった現場を見て、私は苛立ちが極限まで高まってどうにかなってしまいそうだった。

「早くしないと。戻ってジェシカを助けに行かないと……！」

早く、早く、早く――！

ただそう祈り続けていた。助けに行けると思っていた。

想像もしなかった光景が、目の前で繰り広げられるまでは。

「――今から〝神々の霊廟〟の入り口を崩落させ、封鎖する！　総員、後退せよ！」

指揮を執っていた騎士が何を告げたのか、理解することが出来なかった。

私が呆然としている間にも、騎士たちが陣取って魔法を放つ準備を進めている。そこまできて漸く、私は食ってかかることが出来た。

「一体、何をしようとしてるんですか⁉　そんなことをしたらジェシカたちを助けに行けないじゃないですか！」

「ティア！」

だけど、指揮官の騎士に食ってかかろうとした私を押さえ込んだのは同じように生き残った聖女たちだった。

彼女たちは震えて涙を流しながらも、縋り付くように組み付いて動きを封じてくる。

「この、放して！　何で皆、止めないの⁉　入り口を崩されたらジェシカを助けに行けない——‼」

「——これは、そのジェシカからの指示なの！」

「……え？」

「貴方が絶対に戻ってこられないように、魔物が溢れ出さないように入り口を崩せって！　アルティン家の息女として命じたのよ。彼女は、この国を守るために……！」

「そんなの私は聞いてないッ！　だって、待ってるってあの子は言った！　だから行かないといけないんだ！　だから止めて！　お願いだから壊さないで‼　私がすぐ助けに行くからッ‼」

人生で一番叫んだと思う。それでも私の声は誰にも届かないまま状況は進んでいった。

涙を流す聖女たちに押さえ込まれながら……私は、魔法によって入り口が崩落させられる光景を見つめることしか出来なかった。

「あ……あァ……ッ、ァァァァァァァァ――――――ッ‼」

意識が途切れる前、最後の記憶は私自身の言葉にならない絶叫で締めくくられた。

＊　＊　＊

「――私は、ジェシカを見殺しにしたんです」

それは懺悔に他ならなかった。私が重ねた罪を告白し、許しを請うためのもの。

「彼女を助けに行くと約束しながら、ダンジョンの入り口が崩されていくのをただ見ていることしか出来なかった」

私はいつの間にか、感情を抑えるために淡々と語ってしまっていた。

アンジェはそんな私とは対照的で、ぽろぽろと涙を流しながら嗚咽を堪えていた。何度も首を左右に振り、口を開こうとして何度も失敗していた。

「……違う、そんなの違います！　だって、ジェシカお姉様が指示を出したんじゃないですか！　先生が見捨てた訳じゃない！」

「いいえ。私が代わりに残っていれば、生き残っていたのはジェシカでした。ジェシカが生き残っていれば、その後に待っていた改革だって形を変えたでしょう。その改革が貴方を追い込んだ原因じゃないですか」

「そうだとしても、それが先生のせいだなんて思えません！　儀式の失敗で減ってしまった聖女と騎士をこれ以上、失わせないためには必要な改革でした」

儀式の失敗後、毎年恒例だったダンジョンの浄化は控えられるようになり、都市の防衛を充実させるために地方に配備していた聖女や騎士たちを中央に集結するように指示が出された。

これを機に国は中央集権を推し進めるようになった。それを指示したのは国王ではなく、国王が病に伏せてしまったことで代理に立った王太子だ。

けれど、この改革によって聖女はその地位を大きく落としてしまった。

被害が甚大(じんだい)なものになったのも、戦えない聖女を護衛するような事態になってしまったからだ、と。

ならば聖女には王都などの主要な都市を守ることに集中させ、ダンジョンの浄化などは後回しにするべきだと方針転換が進んだ。

私はこの改革によって〝神々の霊廟〟へと向かう機会をどんどん奪われていった。

「兄は聖女に頼った国の在り方では何も守れないと言いました。今は雌伏の時であり、力を束ねて一致団結するべき時だ、と。でも、地方から人員を引き上げたことで地方の領地は荒れていき、浄化されなくなったダンジョンの危険度が上がり続けています」

「中央に移住出来ない者は見捨てられる……そう思われても仕方ない状況ですね」

これによって苦しむのは民であるのに、王太子はまず自分たちの足下を固めることに熱心だ。それに異を唱えるものは酷い惨状の地方に送られ、国政から遠ざけられてしまっている。事実上の独裁と言っても過言じゃない。

王太子の施政によって中央の都市を除けば、聖国は衰退の道を歩んでいる。

「そんな状況を見ていると、ジェシカが生き残るべきだったのかもしれないと考えてしまうんです」

「先生……」

「私は国の在り方を変えられるような身分なんか持ってません。持っているのはこの聖女の力だけなんです。だから私は一騎当千の最強を目指しました。聖女の力でも戦えると、それを証明することで一人でもダンジョンに挑めるように」

ジェシカを助けに行く。どれだけ手遅れだと言われても、守れない約束だったとしても約束したのだ。

だから、私は今でも足掻き続けている。再び〝神々の霊廟〟へと向かうために。

「まぁ、色々と越権行為をしてしまって異端の聖女として辺境に追放されましたが」

「……どの道、聖女の地位を復権させかねない先生は中央にはいられないでしょうね」

「そうでしょうね。しかし、私は国の方針に背いてもダンジョンの浄化を諦めません。

貴方(あなた)たちを引き取ったのも、自分の弟子として育てて私の代わりにするためです。領地まで放っておくわけにはいきませんからね。それも全部、自分の都合です」

「……先生は、バカです」

「……かもしれませんね」

「でも、私もバカみたいです。私も、先生と同じ夢が見たくなってしまいました」

アンジェはクスクスと笑って、険しさが取れた表情で私を見つめていた。

「ずっと何のために生きてるかわからなかったんです。家族には嫌われて、腫れ物を扱うように教会に押し込まれました。いつ兄様たちが私に暗殺者を差し向けるかと思うと怖くて眠れなかった」

「アンジェ……」

「私をこんな風に追い込んだのは儀式を失敗した人たちのせいだって、ずっと恨んでいました。ジェシカお姉様を犠牲にしてまで生き残った人たちを皆殺しにしてやりたい、と」

物騒な言葉だけれど、アンジェはどこまでも落ち着いた様子で語っていた。まるで通り過ぎてしまった過去を語るかのように。アンジェにとって、その痛みも感情も先程までは自身を焦がす程に強い感情であった筈(はず)なのに。

「そう思ったら聖女なのに剣が手放せなくなりました。これしか私の拠り所がなかったから。でも、今は別の理由で剣を握っていて良かったと思います」

アンジェは涙を指で拭って、胸に手を当てながら大きく深呼吸をする。

ゆっくり顔を上げると、彼女の表情は今までに見たことがない程に澄んだものへと変わっていた。

「先生。私もジェシカお姉様を迎えに行きたいです」

「……それが何を意味するのか、わかって言ってるんですか？」

「まさか、止めたりしませんよね？」

アンジェが浮かべた笑みが、ジェシカが浮かべた笑みと重なってしまった。

思わず、口を閉ざしてしまう。参った、これは絶対に止めても聞かないだろう。

だって、ジェシカもそうだった。だからアンジェにどんな言葉を投げかけようと止まることはないだろう。

ふぅ、と息を吐く。それならば、私がすべきことは決まっている。

彼女を育て上げる。これからどんな苦境に陥っても、必ず生き残れるように。

「私はアンジェの意思を尊重します。ですが、今の実力では無駄死にするだけです。私が挑む時に実力が足りないと判断したら、容赦なく置いていきます」

「わかりました。なら、必ず期待に沿えると約束しましょう。だから約束してください」

「約束？」

アンジェは私の手を両手で取り、祈るように額に当ててから切実な願いを告げた。

「絶対に一人で行かないでください。ジェシカお姉様の思い出を語り合える人が減るのはもう嫌ですから」

「……そうですね」

あぁ、その約束は裏切れそうにない。

こうして、また一つ裏切ることの出来ない誓いが増えたのだ。

「改めて、これからご指導よろしくお願い致します。先生」

「誠心誠意、全力で応えましょう」

ジェシカ・アルティン
王家の傍系かつ、
“最も高貴な聖女”と呼ばれていた少女。
明るい性格で輪の中心にいて、
後輩への面倒見もよいタイプ。
自分の身分に拠らない実力を追い求めていて、
寡黙ながらも優秀なティアを巻きこんで
数々の事件を起こしていた。
The saint teacher's
witchcraft
is progressive!

幕間(まくあい)　トルテの場合

私はトルテ・パーソン。聖国の端にある辺境で聖女見習いとして頑張ってます。

最近嬉(うれ)しかったのは、二人の後輩が出来たこと！

今までティア先生と二人で生活をしていて、先生の無茶ぶりもとい授業を受けて苦しむことがたくさんあったけど、三人で苦楽を分かち合うことが出来るのだと気付いた日には涙が出ちゃいました。

これはもう二人から頼られるように頑張らなければならない！　二人とは同い年だけど、私は先輩でお姉さんなんですから！

二人が先生からの授業に驚いたり、苦しんだり、ドン引きしている様を見ていると私は何も間違っていなかったんだと思えた。だからこそ、この試練を乗り越えた私なら二人の頼れる先輩として活躍出来る筈！

——そう思っていた時期が、私にもありました。

最近、悲しかったことがあります……それは後輩の二人が天才だったことです……。

「流石に驚きました。エミー、アンジェ、素質があると思っていましたが、この短期間でよくここまで成長しましたね」

「ふふん！　もっと褒めていいのよ！」

「先生の教えの賜です」

エミーは胸を張って反り返り、アンジェは慎ましく謙遜してみせる。

あれぇ？　おかしいなぁ？　なんかこの二人、もう先生から最低限とされる基準に達しているみたいなんだけど。落ちこぼれって実は嘘だったりします⁉

私は先生に認められるまで三年はかかったんですけど⁉　それなのに、どうして一ヶ月ちょっとで私に追いつく勢いで迫ってるのかな⁉

「素晴らしい成果ですが、これからも慢心せずに精進してください。エミーは《浄化》の扱いが良くなりましたが、浄化した魔力を留める《結界》と《祝福》のイメージが甘いです。もう少し自分に合わせたイメージを詳細にして練り上げた方がいいでしょう」

「……ふん、わかったわ」

「アンジェは《結界》が上手になりましたね。先日、鍬に結界を纏わせて効率的に畑を耕していたのは見事な制御でした。ですが、まだ《浄化》が不得手のように感じます。《祝福》に関してはエミーと同じく、自分に合ったイメージを見つけてください」

「ご指導、ありがとうございます」

先生に問題点を指摘された二人だけど、エミーは素っ気ない返事をしつつも、やる気が感じる程に燃えている。

アンジェも丁重に頭を下げているけれど、小さく拳を握りしめたのが見えた。

二人とも、最初は先生に反発してたような気がするんだけど、いつの間にか受け入れてたんだよね。エミーは比較的早かったけど、アンジェは暫く距離を取ってたのに。

しかも距離を詰めてからというもの、アンジェは先生と笑い合うことが増えた。そんな、いつの間に？　あんな先生の表情なんて私だってあんまり見ないのに！

なんだかモヤモヤするけれど、こんな感情を抱えていちゃダメだ。慣れない環境に来たばかりなのに、自分よりも上手くやってるんじゃないかって嫉妬するなんて。私の器が小さすぎて嫌になっちゃう。

そんな葛藤を振り払っていると気疲れしてしまい、思わず深く溜息を吐いてしまう。

「トルテ」

「えっ、は、はい！」

「よく二人の面倒を見てくれましたね。貴方の優れた《祝福》の才能あってのことでしょう。よく頑張りました」

「は、はい……！」

いきなり先生から褒められてビックリしちゃった。うぅ、表情が崩れてないといいんだけど……！　両手で頬を揉み解すと、なんだか頬がいつもより熱い気がしてくる。

「今日までよく頑張りましたね。明日は丸一日、休みにしましょう」

「えっ⁉」

「休み……ですか？」

「ええ。といっても、辺境には娯楽も何もないので身体を休めることしか出来ませんが」

先生は、別に娯楽なんかなくても毎日修行してるだけで十分な人だからね。

あれ……？　もしかして、私もそんな生活習慣になってる……？　で、でも畑の面倒を見るのは好きだし、趣味とも言えなくもないから大丈夫……？

「折角ですから、明日は麓の村に行ってみたらどうですか？　いずれ必要なものを揃えに行かないといけないですし、ご挨拶も兼ねて見学してきてください」

「麓の村って、先生が収穫物を届けてる？」

「ええ。小さな村ですが、見るべきものがたくさんありますよ」

先生は聖女の修行として私たちにも畑仕事をさせているけれど、ずっと作り続けていると当然ながら収穫物が余ってしまう。

なので余った収穫物は行商人に卸したり、麓にある村に届けて消費して貰ってる。

それでも最近は三人がかりでやってるので、いくら配っても大量の収穫物が残ってしまう。それを解決したのが、先生のペットとして住み着いた亜竜だ。

あの子、かなり食べるんですよね。ちょっと前までは狩りに行ってた筈なのに、最近は野菜ばかり食べて食っちゃ寝してる。

気が向いた時だけ狩りに行くか、先生が狩りに出かけた際のおこぼれを貰っているという優雅な生活をしていて……あれ、ちょっとなんか殺意が湧いてきたな……？　私たちはこんなにも忙しいのに、何であの亜竜は食っちゃ寝してるんだろ？

「トルテ、それでは明日の案内をお願いしますね」

「え？　あ、はい。村の案内ですね。大丈夫です」

ちょっと亜竜への殺意に気を取られていたけれど、すぐに先生に返事をする。

それにしても麓の村か。二人の面倒を見なきゃいけなかったから下りてなかったけど、村に行ったらおやつを作って貰えないかな。これだけ忙しかったんだから、そんなささやかな望みを抱いてもいいと思うんだ。

＊　＊　＊

「着きました！　エミー、アンジェ。ここが麓の村です」

翌日、私はエミーとアンジェを連れて村へとやってきた。

二人は村の様子を見渡しながら興味深そうに観察している。けれど、観察していく内に少しずつ表情が険しくなっていった。

「……なんか空き家が多いわね」

「それに畑も手付かずなものが多いです」

「前はもっと人が住んでいたみたいなんですけど、今は二十人にも満たないですからね。畑も先生が収穫したものを運んでくるから、自分たちが食べる分だけささやかに育ててるんですよ」

「元々いた住人はどうしたのですか？」

「私たちが住んでいる砦に駐在していた騎士たちが引き上げたので、それに合わせて村の人たちも領都に住まいを移しました。ここに残っているのは好きで残ってたり、他に行き場がなくて流れ着いた人たちです」

「騎士たちがいなくなれば、ここを守る人がいなくなるものね。村程度の規模じゃ、この周辺のモンスターに対抗出来る戦力なんて集まらないでしょうし……」

エミーがぽつりと呟くと、アンジェの表情に陰りが浮かんだ。

これは国が決めたことなんだから、どうしようもないことだと思う。だけど、アンジェにとって他人事とは考えられないのかもしれない。

この辺境に住む人たちは、先生がいるから今日も無事に暮らせているだけだ。国からは見捨てられていると言っても過言じゃない。そんな現実を目の当たりにして、王女として思うところがあるのは当然かもしれない。

「確かにこの周辺に生息しているモンスターは脅威ですけど、先生が直々に結界を張っているんで村までは入ってこられないんですよ」

「このおかしな結界、やっぱり先生のなのね」

「まだまだ精進が必要です……」

先生の結界は本当に気配が濃密で、とてもわかりやすい。自分も聖女だからこそ、こうして先生の結界の存在を感じると未熟なのだと突きつけられる。

それはエミーとアンジェにとっても同じなんだろう。横で二人は神妙な表情を浮かべている。

そうして村の前で足を止めていると、一人の女性が私に声をかけてきた。

「あら、トルテちゃんじゃない」

「ナンナさん！　お久しぶりです！」

ナンナさんは白髪交じりの茶髪を持つ穏やかな中年の女性で、とても母性を感じさせる村人の一人だ。とても優しくて、村に遊びに行くと甘味をご馳走してくれる。

「元気だったかしら？　最近下りてくるのは、ティアちゃんばっかりだったものね」

「ええ、何かと忙しくて……」

「ティアちゃんの教え子が増えたんでしょう？　そちらの二人かしら？　お名前は？」

「エミーリエよ」

「アンジェリーナと申します」

「エミーちゃんとアンジェちゃんね！　私はナンナ、趣味はお菓子作りよ。帰る前に私の家に寄っていって。皆でお菓子を持っていくといいわ」

「ありがとうございます、ナンナさん！」

やった！　先生もナンナさんのお菓子は好んでいるから喜ぶだろう！

「……先生がちゃん付けされてるの、なんか違和感あるわね」

「似合いませんね……」

「それ、先生に言ったら詰め寄られますから気をつけた方がいいですよ……」

私が喜んでいると、後ろに立っていたエミーとアンジェが釈然としない表情で囁き合っていたから注意しておく。

正直、私も同意見なんだけど、口に出すとぐいぐいと詰め寄られるんだよね。下手なことを言うと痛い目を見るから黙っておくのが正解だ。

それから手を振りながら見送ってくれたナンナさんと別れて、私たちは村を進んでいく。

すると、きょろきょろと見回していたエミーがぽつりと呟いた。

「なんか、のどかでいいわね……人は少ないけど」

「ええ。先生の結界があるからなんでしょうけど、とても穏やかだと思います」

「二人がそう感じるのも、この村が忙しさとは無縁だからなのかもしれませんね。でも、村の皆さんには色々とお世話になってるんです。私たちがこの村を守って、畑で取れた収穫物を渡す代わりに生活に必要なものを作って貰ってるんですよ」

「へぇ、たとえば？」

「そうですねぇ。まず二人に紹介しておく人と言えば、ドウェインさんかな」

「……ドウェインさん、ですか？」

「ええ、色んな道具を作ってくれる凄(すご)いおじさんです。亜竜(レッサードラゴン)の小屋とか作ってくれたのもその人ですよ」

「あぁ、先生がどこかから担(かつ)いできて組み立ててたアレね……」

私たちが畑仕事で疲労困憊(ひろうこんぱい)になっている間に先生は一人で小屋を組み立てていた。

亜竜（レッサードラゴン）が寝床に出来る程に大きなものだったので、二人が困惑していたのをよく覚えている。何であんなの軽々と組み立てられちゃうのかな？　私もちょっと引いたけど、亜竜（レッサードラゴン）は気に入っているみたいだからいいのかな……？

そんなことを考えながら向かったのは、ドウェインさんの工房だ。家と一体化している工房の煙突からは煙が上っているのが見える。

私は工房の扉までやってきて、大きく音が鳴るように強めにノックした。こうでもしないと気付いてくれないんだよね。

「ドウェインおじさん！　トルテです！　入ってもいいですか！」

「トルテか？　入っていいぞ」

了承の声が聞こえたので、私たちは工房へと足を踏み入れた。

中にいたのは、黒褐色の髪のずんぐりとした体型である中年のおじさん。腕や足は私たちの倍ほどもあろうかという太さで、顔も凄く厳（いか）つい。

あまりにも厳ついので、普通の子供だったら睨（にら）まれるだけで泣いてしまいそうな程だ。

実際、かなり気難しい人でもある。先生とは仲が良（い）いんだけどね。

「お久しぶりです、ドウェインさん」

「おう、最近はずっとティアしか下りてこなかったから顔を見るのも久しぶりだ」

ドウェインおじさんは作業の手を止めて汚れを手ぬぐいで拭った後、エミーとアンジェにじろりと視線を向けた。

睨んでいるのかと誤解しそうな視線を向けられた二人は少しだけ身を硬くしたけれど、そんな様子を気にすることもなくドウェインおじさんは口を開く。

「そいつらがティアの新しい教え子か。こいつはなかなか面倒そうな面構えだな」

「……私からすれば、貴方の存在に驚いていますが。名匠ドウェイン様」

「おっ、流石に儂の名前を知っておるか。紛いなりにも王族ってことか？」

面白い、と言わんばかりにドウェインおじさんは不敵に笑ってみせた。

えっ、名匠って何？　アンジェも知っている凄い人だったりするの？

「何でアンジェがドウェインおじさんのことを知ってるんです？」

「トルテ、この方は王家から直接依頼を受けていた程の凄腕の鍛冶師です。どうして辺境にいるのか、こっちが聞きたいのですが……？」

「はん、すっかり及び腰になった王家の仕事なんて受けてられるかよ。腕を見込めそうな骨のある奴がいなくてな、そんな時にティアの噂を聞きつけたんだ。会ってみればなかなか面白い奴でな。アイツを気に入ったからここにいるだけさ」

「先生の腕前は名匠に認められる程ですか……」

「むしろ儂の腕が足りてねぇ程だ！　挑み甲斐があるぜ！」

ドウェインおじさんは先生の話となると、機嫌が悪そうな態度から一転して笑みを浮かべた。そっか。先生ってそんな凄い人からこれだけ認められる人なんだな、と改めて感心してしまう。

「それで何か用があって来たんじゃねぇのか？」

「あぁ、そうですね。今日は二人の顔合わせと、先生が二人の武器を仕立てて欲しいって言ってたんで連れてきたんですよ。見て貰えますか？」

「おう、構わねぇぞ」

「えっ、いいんですか？」

アンジェが目を丸くさせて驚いている。彼女にしては珍しい反応だ。

それを見て、ドウェインおじさんはにやりと笑ってみせる。

「ティアがお前さんたちを認めたんだろう？　それなら見込みがありってことだ。どうか儂が無駄な仕事をしたと思うような無様は晒してくれるなよ？　儂は無駄な仕事をするのが大嫌いなんでな！」

「言ってくれるじゃない。そこまで言うんだから、相当な凄腕なんでしょうね？　こっちだって期待していいのかしら？」

「ガッハッハッ！　良い跳ねっ返りだ！　若いのはそれぐらいでいい！　お前さんも腰を抜かさんようにな！」

好戦的な態度を笑い飛ばすドウェインおじさん。あぁ、エミーのような人の方がおじさんは好きそうだもんね。

その隣でアンジェが目眩を起こしたようにふらつき、片手で顔を覆いながら首を左右に振っていた。

「まさか、名匠ドウェインの武器を私が手にすることになるなんて……」

「アンジェがそこまで言うってことは、なかなか信憑性がありそうね」

「はん！　ティアに比べればまだまだ殻を被ったひよこ共には十分過ぎるだろうよ！」

「……いつか超えてやるわよ」

「はっはっはっ！　そりゃいい！　先の楽しみが出来たな！」

機嫌が良さそうにドウェインおじさんは笑う。どうやらエミーとアンジェは気に入られたみたいだ。良かった、と思うのと同時にちょっとだけモヤモヤしてしまうけれど。今まで子供なのは私だけだったからおじさんを取られてしまったように感じる。

そんな風に思うのは良くないけど、心は思い通りになってくれない。お姉さんにならなきゃいけないのに……！

「ふむ……エミーリエと言ったか。お前さんは体術が得意みたいだな。ヴィーヴルの身体能力を考えれば、下手な武器を持つよりはガントレットで殴り合うことを想定したものが良さそうだ」

「ガントレット……悪くないわね」

「で、アンジェリーナだったか。お前さんは剣だな。どうも我流のクセが付いてるみたいだが、大筋は騎士の剣術だな。もっと自分に合った剣術を模索してみると良さそうだぜ。武器もお前さんに合わせてやるよ」

「ありがとうございます」

真剣な表情で話し合っている三人を少し離れたところで見ることしか出来ない。

邪魔したらいけないと思うのに、何だかなぁ。ここまでドウェインおじさんが熱心なのも珍しい。それこそ先生以外には見たことがない。

まぁ、二人はそれだけ武芸にも熱心だからなぁ。私はどうにも武器を扱うのは苦手なんだよね。そう思っていると、ドウェインおじさんがこちらに視線を向けてきた。

「トルテもちゃんと武器の手入れをしてるんだろうな？　まぁ、お前さんの武器は儂よりもあの変人の管轄だがな」

「……管轄？」

「トルテの嬢ちゃんの武器は〝アーティファクト〟だからな。土台となる杖(つえ)の部分は儂が作ったが」

「アーティファクト⁉」

「まさか、この村にはアーティファクトを加工出来る程の職人がいるんですか？」

アーティファクトは、魔力を用いて加工された魔法の道具だ。それを専門にする職人は全然足りてないと言われている程で、腕の良い職人はとても優遇されるらしい。

アーティファクトは先生がこの村の結界を維持するためにも使われている。それだけ人の生活に欠かせないもので、腕の良い職人なら引く手数多(あまた)だと言われている。

だから二人は驚いているんだろう。こんな辺境の村にいるような人ではないから。

「待って。トルテの武器がアーティファクトってことは、もしかして〝聖具〟……？」

「おう、そうだぞ。それも教会で使用されてるものよりも上等なものだ」

エミーの問いかけにドウェインさんはあっさりと答える。すると、アンジェが頭が痛いというように額を押さえた。

「軽く言ってくれますね……聖具は製法が秘匿されているものも多いですし、性能が良いものであれば国宝に認定されることだってあるのに」

「えっ⁉　そうなんですか⁉」

「聖具はアーティファクトの中でも特殊で、聖女の協力がなければ作れないのよ」

「聖女を重用してきた聖国では、聖具は特に神聖なものとして崇められています。個人で所有していたと知られれば良い目では見られないでしょうね……」

「聖具は聖女の力を増幅させたり、持続させたり出来るし、大きな都市では聖具を利用して結界を常時展開させてる訳だけど……」

「……もしや、砦やこの村に張られている結界にも使われてます？」

「えっと……先生が普通に作ってるんですよね……」

私が思わずぽつりと呟くと、エミーとアンジェの視線が遠くなってしまった。

やっぱり先生って常識をどこかに置き忘れてきたんだろう。どうやら、また知りたくなかった事実を知ってしまったみたいだ。

「ティアはあくまで素材を用意しているだけだぞ？　聖女の協力がなければ聖具が作れないのは、素材を用意するのに聖女による浄化が必要だからだ」

「……それでも頭が痛くなりそうな情報ね」

「そんなことを言ってたら、モーリルの婆さんに会ったら腰を抜かすぞ？」

ドウェインさんが零した人の名前に、私は思わずぎくりと身を跳ねさせた。

「うっ……モーリルお婆さんは相変わらずですか……？」

「そりゃいつも通りだ。あの年のババァがそう簡単に変わるものかよ」

「……ちょっと、トルテ。今、モーリルのババァって言った？」

ドウェインさんと話していると、何故かエミーが眉を寄せながら問いかけてきた。

「はい？　ええ、この村に住んでいるアーティファクトの研究家ですけど……？」

「アーティファクトの研究家……」

私の口にした名前が気になったのか、エミーが考え込むような表情を浮かべた。それから首を傾げた後、口元に拳を当てている。

そんなエミーの様子が気になったので、声をかけてみた。

「エミー？　どうかしましたか？」

「あー……その人、多分だけど私の遠い親戚よ。親戚といっても私のお祖父様と同世代くらいだけど。アーティファクトの研究家なら間違いないわね」

「ええ!?　でも、モーリルお婆さんに角なんて生えてませんでしたよ!?」

私は思わず驚いた声を上げてしまった。

私が知るモーリルお婆さんは、飄々としていて人の話も碌に聞かない困った人だ。自分が興味を持ったこと以外はどうでもいいとしてしまうような奔放さがある。

けれど、その分アーティファクトに限らず様々な知識を持っていて、とても話が長い。

先生は熱心に教えを受けに行っていた時期があって、私も付き合っていた。その度に眠気に襲われることになったけど。

「知らなかったのか？　あの婆さん、角をアーティファクトで隠してるぞ。何でも聖国にどうしても知りたい技術があるからって潜入したんだとか」

「ドウェインおじさんは知ってたんですか⁉」

「おう、モーリルのババァが酔っ払った時に一発芸で角を見せびらかしてたからな」

「正体を隠してるんじゃなかったの⁉」

「まぁ、ここに住んでると過去の経歴とかどうでもよくなってくるからな……」

「それは確かにそうだけど……！」

この村に住んでいる人たちは、他人の過去などに興味を持つことがない。暗黙の了解だというように触れないようにしてるところもあるんだけど。

それにしたって緩すぎない⁉　皆、気にしなすぎて鈍感になってるのでは⁉

「一応親族ってことなら顔を出しておいた方がいいんじゃないか？　トルテの武器も見て貰（もら）った方がいいしな」

「そうね……ちょっと興味もあるわ。頼めるかしら、トルテ」

「うー……わかりましたよ……」

明らかに気が進まない、という態度を取っていると、アンジェが首を傾げながら問いかけてきた。

「トルテ、そのモーリルという方が苦手なのですか？」

「あの人、興味を持ったものはとことん調べ尽くさないと気が済まない人なんです。私の何が気になるのか知りませんけど、いちいち健康状態とか気にしたりとしつこいんです。悪い人じゃないですけど……」

「それは単純に心配されてるだけなのでは……？」

そうなのかなぁ……？　まぁ、モーリルお婆さんは悪い人じゃないけど。

私たちはドウェインさんとの話が終わった後、モーリルお婆さんが住んでいる家へと向かった。

周囲にはゴミなのか素材なのかよくわからないものが無造作に乱雑に積み上げられていて、カーテンで締め切っているので家の中は見えない。

これだから怪しさが満点なんだけど、逃げる訳にもいかないとドアをノックした。

「モーリルお婆さん……？　いますか……？　いたら返事しなくていいです……」

「イーヒッヒッヒッヒッ！　その声はトルテだねェ！　よく来たねェ！　鍵は開いているからさっさと入ってきなぁ！」

「うぅ……いたかぁ……お邪魔します……」

奇妙な笑い声を上げながら扉を開けたのは、黒いフード付きのローブを羽織った小柄なお婆さん。この人がモーリルお婆さんだ。

白髪が交ざり始めた淡い茶髪、色が深くて吸い込まれてしまいそうな紫色の瞳。まるで歯を剝くように笑う表情は親しげなのに恐ろしさを感じてしまう。

モーリルお婆さんは後ろの二人に気付くと、じろりと観察するように視線を向けた。

「おやまァ、これは珍しいお客さんがいるねェ？　生まれる可能性はあるだろうけれど、聖女のヴィーヴルを実際に目にするのは初めてさね！」

「……どうも。モーリル・アシュハーラで間違いないかしら？」

「ヒヒヒ、懐かしい呼び方だねェ！　すっかり聞かなくなっちまったもんだよ！　まぁ、皇族を名乗るつもりなんてないからねェ！　アシュハーラの名は捨てたようなもんさ！　私のことはただモーリル婆さんと呼びな、誰かの末の子！」

「なら、その言葉に甘えさせて貰うわ。私はエミーリエよ。まさか、奇人変人の代名詞である貴方とこうして会うことになるとは思わなかったけれど」

エミーはどこか緊張した様子だ。モーリルお婆さんはそんな様子が面白いのか、にやりとした笑みを浮かべている。

「いいねェ、興味深い子たちだよ。暇があったらすぐ私のところを訪ねなァ。体調が悪いところがあってもすぐに調べて治療してやるからねェ！　私が暇じゃない時もあるから、その時次第だがねェ！」

「……なんというか、凄いテンションの人ですね」

「故郷で語り継がれてる理由がわかったわ。これは確かに変人奇人の類いね……」

ぽつりとアンジェとエミーが囁き合っているのが聞こえてしまった。私も同意したい。

モーリルお婆さんは本当に変人というか、押しが強いというか、元気なのは良いことだと思うんだけど、元気すぎると思う。

「最近、ティアが訪ねてこなくてねェ。素材が手に入らなくて困った困った。まぁ、顔を見せなかったのは新しい子を引き取ってたからなんだねェ。感心、感心！　後進を育てるようになったんだねェ、あの子も！　まぁ、それはいい！　トルテ！　ティアに伝えて貰えるかィ？　素材が足りないから、仕入れたら持ってきて欲しいとねェ！」

「わ、わかりました……ところで、何が足りないんですか？」

「〝ダンジョン・コア〟だよォ」

「ぶふっ！」

「げほっ、げほっ！」

「エミー⁉　アンジェ⁉　どうしたんですか⁉」

　いきなり咳き込み始めた二人に驚いてしまう。えっ、ダンジョン・コアってそんな驚かれるようなものだったの⁉

「待って、ダンジョン・コアを使ったアーティファクトを作ってるの⁉」

「ダンジョン・コアを個人で所有することは、首を切られる程の大罪ですよ⁉」

「えぇっ⁉　先生がよく持ってくるんですけど、そんなに危ないものなんですか⁉」

「トルテ、何で知らないのよ⁉」

「というか、先生はどこから持って帰ってきてるんですか⁉」

「えっ……？　せ、先生は気付いたら持って帰ってきてます……」

　先生はたまにふらりと出かけたかと思えば、お土産感覚で持って帰ってくる。そう言うと、エミーとアンジェは揃って頭を抱えてしまった。

「はァ⁉　アイツ、バカじゃないの⁉　いや、元からあり得ないと思ってたけど、もっとあり得ないわよ！」

「つまり、それって先生は単独でダンジョンを攻略してるってことですよね？」

「え、えぇ。流石に禁域に指定されている場所には行ってないみたいですけど、その周辺に出来たダンジョンは間引き感覚で踏破してますね……」

「ダンジョンを踏破ですか……？」

「ヒッヒッヒッ！　ティアにとっちゃ、そこいらのダンジョンを単独で踏破するぐらいなんてことでもないさ！」

「……色々と聞き出したいことがありますが、モーリルお婆様はダンジョン・コアを使ってどのようなアーティファクトを作ってるんですか？」

「これだよォ」

モーリルお婆さんが取り出したのは、地味な腕輪。

手に取ってみるけれど、どう使うのかもわからない。私が訝しげに見ていると、エミーとアンジェも同じように覗き込んでくる。

「……なにこれ、どんな効果があるアーティファクトなの？」

「それはねェ、腕輪の中に異空間を作り出すことが出来るんだよ。腕輪の中に物を収納しておくことが出来るんさねェ」

「…………は？」

モーリルお婆さんの言葉にエミーがギョッとした表情を浮かべて腕輪を凝視する。

アンジェも目を大きく見開いて、腕輪から一歩距離を取るように後ずさった。

「間引き感覚で……？」

そんな二人の反応が面白かったのか、モーリルお婆さんは笑みを深くしている。

「仕組みそのものはダンジョンと同じさ。まぁ、ダンジョンほどの容量はないけどねェ」

「そんなものが本当に存在するなら、国宝になってもおかしくはないですが⁉」

「国宝ねェ！　確かに私ほど腕が良くないと作れないだろうねェ！　とはいえ、作るのにダンジョン・コアが必須で、使用するためには使用者を設定する必要があるけどねェ。そこまで便利なものじゃないさァ」

「一体、どの程度の量まで入るんですか……⁉」

「これは比較的大きなダンジョンのダンジョン・コアを使ってるけどねェ。それでも小さい武器を隠し持つぐらいの容量しかないよォ」

「いえ、暗殺者が持つならそれだけでも十分だと思いますが……」

「凶器を隠蔽出来るってことだものね……馬鹿げてるわ、こんなとんでもないものが世に出たら大問題よ」

ええっ⁉　この人、そんなとんでもないものを作ってたの⁉　怖ッ⁉　というか、先生も知ってたってことだよね⁉　素材を持ち込んでるのは先生なんだから！

「いいですか、二人とも？　ダンジョン・コアは個人で所有するようなものではありません。これは絶対に他言無用の品です。他所で口外しないように徹底してください」

「こんなの恐ろしくて口外出来ないわよ。もう見なかったことにしたいわ……」

「は、はい……わ、わかりました……！」

「一応、先生には私からちゃんと念押しをしておきます。先生は理解した上でやってるんでしょうけど……」

「……でしょうねぇ」

「アイツ、本当に大胆というか、ふてぶてしいわね……」

アンジェが真剣な表情で警告をしてくる。彼女がそこまで言う程の問題なんだろう。

エミーも苦虫を噛み潰したような表情で呻いている。そんな私たちの反応を見て、モーリルお婆さんはケタケタと笑った。

「しっかりした教え子だねェ。ティアも恵まれたもんだ。まぁ、道具はただの道具さね。扱い方に注意出来るなら自由に使えばいいのさァ」

「……いきなりとんでもないものを見せられて頭が痛いわ」

「ヒッヒッヒッ！　具合が悪くなったら良い薬があるよォ、効果についてはまだ試してないけどねェ！」

「人を気軽に実験台にしようとするんじゃないわよ！」

「トルテ、アンタの武器は安全なものなんでしょうね⁉」

「えっと、た、多分……？」

アンジェが心配そうに私を見るけれど、多分大丈夫だと思う。そこまでねじ曲がっている訳ではない……筈だ。

……大丈夫だよね？　思わず不安からモーリルお婆さんをチラ見してしまった。

するとモーリルお婆さんは歯を剝くように笑ってみせた。その表情がとても恐い。

「心外だねぇ。あれはトルテのために誂えた一点ものだよォ。本当、ティアに大事に愛されてるねェ」

「先生が私を大事にしてる……？」

「いつかその意味がわかる時が来るだろうさァ。だから、あの杖は大事にしておくれよ。いずれ、トルテの力になってくれるからねェ」

「はぁ……」

「さァ、さァ、顔合わせは終わっただろう？　私は忙しいんだ。さっさとお家に帰るんだよ、お嬢ちゃんたち」

私たちに構うのに飽きたのか、モーリルお婆さんは追い払うようにそう言った。

こうなっては話しかけても機嫌を悪くするだけだから、私はエミーとアンジェを促してモーリルお婆さんの家を出た。

二人とも家を出ると、揃えたように大きく息を吐き出して肩を落とした。

「……なんか、一気に疲れたわ」

「同感です……」

「本当にさぁ、あの先生は自重って言葉を知らないのかしらね？」

「それは……まぁ、先生ですし」

守らなきゃいけない常識を知っていても、場合によっては平気で無視するのが先生だ。じゃないとあんな振る舞いは出来ないと思う。肝が太いというか、胆力があるというか、改めて凄い人と思い知らされる。素直には褒められないけれど。

そんなことを思っていると、アンジェが静かに首を横に振った。

「いいえ、確かに突拍子のなさはありますが、先生のやっていることが悪かと言われると違うと思います」

アンジェがそう言うと、意外だと言わんばかりにエミーが目を丸くする。

「まさか、アンジェが先生を擁護するなんてね。昔のアンタからは考えられないわ」

「……先生のお陰で、色々と吹っ切る覚悟が出来たんです」

「覚悟？」

「えぇ、何があろうとも先生に付いていく覚悟です」

アンジェは決意に満ちた表情でそう告げた。最近のアンジェがふとした時に浮かべている表情だ。

やっぱり先生と何かあったんだろうな。何があったかまではわからないけど、良い変化なんだろうと思う。普段の表情も明るくなったし。

「先生のやろうとしていること、やっていることは荒唐無稽に見えますが、いずれ世界に必要になることの筈です。このままであれば、グランノアが荒れていくのは避けられませんから」

「……いいの？　そんなことを言っちゃって」

「構いません、放置出来ない問題なのは間違いないのですから。グランノアは今まで信奉していた聖女を後方に下げて、中央集権化を謳いながら辺境を次々と見捨てています。辺境から聖女や騎士を引き抜けば地方にあるダンジョンの増加は止められず、踏み入ることが困難な地になりかねません」

「それは……」

「もちろん聖女を守ることが不要だとは言いませんが、ダンジョンに関しても手を打たなければ手遅れになります。だから先生も単独で強くなることを目標としているのでしょう。ダンジョンの浄化が出来るのは、聖女だけなのですから」

「実際、それが出来てるって知っちゃったしね……」

「いずれ、私たちも先生の後を追ってダンジョンに挑む日が来るでしょうね」

「えぇ!? わ、私たちがダンジョンに潜るんですか……?」

「あら、それは面白そうね。ダンジョンの規模によるけれど、ダンジョンを踏破した者には英雄の称号が与えられることもあるのよ。まさか私が目指すことになるだなんて思ってなかったけどね」

驚く私に対して、エミーは不敵な笑みを浮かべながら握った拳を掌(てのひら)に打ち付けた。

うぅ、なんだかんだでエミーは魔族らしく好戦的なんだよね……。

「なに情けない顔をしてるのよ、トルテ」

「荒事は苦手なんですよ……私にはエミーやアンジェみたいに特別な力も、目標もありませんし……」

「そう? 先生の授業に付いていけるだけ凄(すご)いと思うけれど?」

「そうですよ。トルテという教え子がいたからこそ、私たちの教育にも反映されているのだと思いますよ」

「そうなんですかねぇ……」

慰めのようにしか聞こえないのは、私の心が狭いからなのかな……。

そんなことを考えながら村の中を歩いていく。住人が少なくなってしまい、無人の家が寂しそうに佇む景色が続くと余計に気分が落ち込んでしまう。

ダメだ、落ち込んでる表情なんて見せたら心配されてしまう。先生のところに帰る前にナンナさんのところに顔を出さなきゃいけないんだから。

「そういえば、トルテっていつから先生と暮らしてるの？　この村の出身じゃないのよね？　先生と暮らす前はどこに住んでたの？」

ふと思いついたように投げかけられたエミーの質問に、表情を強張らせてしまった。

咄嗟に隠そうとするも、二人にはもう察せられてしまったようだった。エミーが気まずそうな表情で声をかけてくる。

「……ごめん。もしかして、聞かれたくなかった？」

「いえ、その、あまり人に自分のことを話したことがなかったから……」

「良かったら聞いてもいいですか？　トルテのことを」

「アンジェ？」

「私たちの事情をトルテは知っていますし、これから仲間として一緒にいるなら聞いておきたいという気持ちがあります」

アンジェが私を真っ直ぐ見つめながら問いかけてくる。

まぁ、確かに私はほぼ一方的に二人の事情を知っているけれど、二人は私の過去なんて知らないから、そう思うのはわかる。

けれど、私の過去なんて語る程のものじゃないんだよね。だからこそ、どうしても気が引けてしまう。

「話したくないなら無理強いはしませんが……」

「いえ、別に構いませんよ。ただ、そんな大したものじゃないんですよ。私が先生と出会ったのは三年前で、私はその時に両親に捨てられて一人だったんですよ」

「……捨てられた？」

「はい。私は両親にとって出来損ないだったみたいなんです。それまで普通の家族だったんですけれど、ある日突然私を殺そうとして……」

「何なのよ、それ……」

エミーが眉を寄せながら低い声で呟く。それに私は苦笑を浮かべながら話を続けた。

「理由は私にもよくわかりません。捨てられた時はとにかく色々ありすぎて、当時のことは詳しく思い出せないんです。両親から逃げ出した後はとにかく彷徨っていて、もうダメだと思ったところで先生に拾われたんです。先生は丁度この辺境に来る旅の途中で、私を放っておけなくて自分の元で育てようって決めたそうなんです」

先生に手を差し伸べられた日のことを、私は今でもよく覚えている。

凄い目で睨まれて、お前なんて要らないと殺されそうになった。とにかく両親が恐くて、死にたくなくて逃げ出した。

捨てられた悲しさも、死の恐怖を前にして気にしている暇もなかった。どこか遠くまで逃げたくて、疲れ切るまで走ったことだけは鮮明に覚えている。

それから一歩も動けなくなって、ずっと感じていた死の恐怖が避けられないものなんだと悟ってしまったら楽になりたいとしか考えられなくなった。

そこに通りかかったのが先生だった。傷だらけの泥まみれだった私に自分が汚れることも構わずに手を差し伸べて救い出してくれた。

先生は最初、旅の途中だから近くの町に私を置いていくことも考えたらしい。けれど、捨てられたばかりの私は自分を救ってくれた先生から離れたくないとしがみついてしまった。

それから更に色々あって、私が聖女の力を持っていることを知った先生は私を教え子として引き取ることを提案してくれた。それが、私と先生の関係の始まりだ。

「最初は先生に捨てられたら、今度こそ居場所がなくなるって思ってて……でも、先生はそんな私に優しくしてくれて、家族になろうって言ってくれたんです」

「……だからトルテの名字は先生と同じなんですね」

「はい。だから私は先生の力になりたいんです。でも、戦うのは苦手で……二人がちょっと羨ましいんです。私も二人みたいに戦えたら良かったんですけど……」

私には二人のような才能がない。きっと先生が本当に育てたかったのは、自分の代わりが出来るような人たちだった。最近は特にそう思う。

その点、私は戦いの才能がなかった。相手がモンスターであっても生き物を傷つけるのに忌避感を覚えてしまう。

だから先生はせめて私が得意な分野を伸ばせるように育ててくれたんだと思う。こればかりは生まれ持った才能に因る(よる)ものだ。どんなに妬んだって仕方ない。

そんなことを考えていると、ふとアンジェが呟いた。

「私たちを羨ましく思う気持ちはわかりました。でも、私はトルテも凄いと思ってます。貴方(あなた)がそのような在り方だからこそなのかもしれませんが、貴方にかけて貰える(もらえる)《祝福(ブレス)》は私たちと比べものにならないのだと思うんです」

「《祝福(ブレス)》だけで比べるなら、私たちはトルテの足下にも及ばないものね」

「え……？」

「先生も《祝福(ブレス)》だけでいえば、自分よりもトルテの方が才能があると言っていました」

「先生がそんなことを……？」

　ちょっと、流石(さすが)に信じられない。だって、全然イメージすることが出来ない。

「あとこれは内緒にして欲しいんですが……先生、実は《祝福(ブレス)》が苦手なんですよ」

「そうなんですか⁉」

「あー、それは確かにそうかもしれないわね。勿論(もちろん)、先生だって《祝福(ブレス)》は人並み以上に扱えるけど、《浄化(ピュアリファイ)》と《結界(バリア)》に比べると劣るって印象ね」

「それでも並外れた実力があるのは先生のたゆまぬ努力の賜(たまもの)ですよ。本人もそれに近いことを零(こぼ)していましたから。だからトルテを育てるのも大変だったのかもしれません。自分の得意としていないのを鍛えるのは難しいでしょうしね」

「……そうなんですか？」

「ええ、だから私は貴方が特別じゃないなんて思いませんよ」

「そうね。正直、後ろにトルテがいてくれるのといないのとじゃ全然違うわよ？」

　アンジェとエミーの言葉をどう受け止めていいのかわからず、私はただ狼狽(うろた)えることしか出来ない。そんな私に気付いていないのか、アンジェとエミーは続ける。

「トルテがいてくれるからこそ、私たちも全力を出せるというものです。それだけ貴方の《祝福(ブレス)》を頼りにしているんですよ？」

「それは先生だって同じ筈よ。じゃないと厳しく育てたりしないでしょ？」

「えぇ。どこか穏やかな場所で普通の聖女として暮らす道も用意出来たでしょうしね」

「だから、今でも側にいられるってことがトルテへの期待の証なんでしょう」

そう言ってから、エミーは私の頭をわしゃわしゃと撫で回した。アンジェは止めるような素振りもなく、優しく見つめる。思わず胸がギュッと摑まれたような気がした。

その感覚を確かめるように、私は胸を摑んでしまう。心臓が高鳴っているのが手に伝わってくる。

そんなことを言われるなんて思ってもみなかった。嬉しくて、つい口元が緩んでしまいそうになる。

「先生は結構変なところで鈍いんだから直接ぶつかった方がわかりやすくていいわよ」

「先生ならトルテを無下にするようなこともしないでしょうしね」

「そうかもしれませんね……」

思わずクスクスと笑ってしまう。鈍いようで鋭いというのは、確かに先生に当てはまるかもしれない。

何だか恥ずかしくなってきて頰が熱い。でも、二人が気付かせてくれなかったら、もっと恥ずかしい思いをしていたかもしれない。

「ありがとう、エミー、アンジェ」

「どういたしまして。というか、もっと態度崩していいんだからね？　身分なんてあってないようなものなんだし。同じ先生の教え子でしょ？」

「そうですね。ここは親睦を深めるためにもそうしましょう」

「アンジェも敬語止めなさいよ？」

「これはもうクセなので……」

「……ふっ、ふふふ、あははは！」

どうしようもなくおかしくなってしまって、私は大きく笑い声を上げてしまった。

同い年で、共に先生から教えを受ける仲間。改まって言われてしまうと、二人のお姉さんにならなきゃいけないとか、自分が二人に比べて劣っているんじゃないかと思っているのが些細なことだと思えた。

きっと、明日からは些細な悩みはなくなるだろう。そんな確信が私の中に生まれる。

本当にこの二人と出会えて良かった。私は素直にそう思うのだった。

第四章　覚悟

「うぅー……！」

「エミー、力みすぎではないですか？」

「うるさいわね、今集中してんのよ！」

「でもイメージがまだ曖昧だから、もう一度最初からやった方が……」

エミーが《結界(バリア)》の練習をしているのをアンジェとトルテが一緒に机を囲みながらアドバイスし合っている。

あの子たちはいつの間にか、自分たちから自主的に教え合うようになっていた。

「思っていたよりも良(い)い結果ですね……」

教え子たちの成長には満足していたし、同時に驚いてもいた。

彼女たちに伸びる才能があるとは思っていた。それでも、ここまで順調に成長するとは考えていなかった。もっと時間がかかると予想していただけに計画が崩れたという悩みが出来てしまった程だ。

「とはいえ、あの子たちも既に成人してる訳だし……」

　いつまでも子供扱いしているのは良くない。私が認めるだけの実力を身につけたと判断したならば彼女たちを一人前として扱うべきだ。

　だからこそ、私は夕食の後で皆に残って貰い、話があると伝えた。

「話って何ですか？　先生」

「話とは、貴方たちの今後についてです。貴方たちは私が思っていたよりも早く成長しました。私が求める必要最低限の実力を身につけたからこそ、今後の話をしなければならないと考えたのです」

「今後についてって……」

「まず先に私がどうするのかを話しておくべきですね。当面、私の目標はドラドット大霊峰の踏破と浄化です」

　私がそう言うと、三人が揃って顔色を変えた。真っ先に口を開いたのは眉間に皺を寄せたエミーだった。

「……普通だったら不可能だって言ってたところだけど、不可能だと思ってたことを実際にやってみせてる先生が言うんだからあり得ないとは言えないよね」

　エミーは頭痛を堪えるように眉間を揉み解した後、深く溜息を吐いた。

そう言えば、最初はよく怒鳴られたり叫ばれたりしたけれど、最近はその頻度が減ったように思う。相互理解が進んだという証だと思うことにしよう。

「そもそも、どうして先生はそこまで目指してるの？」

「禁域に指定されたダンジョンを聖女が独力で踏破すること。その功績が私の目的を果たすために、どうしても必要なのです」

「何でそこまでするのよ？」

「では、確認していきましょうか。ダンジョンとは誰が所有しているものですか？」

「……国じゃないの？」

「はい。ダンジョンは国が所有し、管理しています。ですので、国の認可なしには攻略は認められていません。ドラドット大霊峰も私が領主だから攻略がギリギリ許されているに過ぎません。なので、他のダンジョン攻略は国からの許可を得る必要があります。私はダンジョンの踏破が可能なことを示して、それを交渉のカードにするつもりなのです」

「……交渉ですか？」

「トルテ。先生が狙っているのは、ダンジョンが存在することで悩みを抱えている貴族の支持だと思いますよ」

「正解です、アンジェ」

見事に正解を言い当てたアンジェを褒める。アンジェは少しだけ嬉しそうに口元を緩ませた。すぐに引き締められて一瞬のことだったけれど、私は見逃さなかった。

「現在、聖国は中央にある都市の防衛に力を入れています。それは必然的に地方の戦力が低下することを意味しています。当然の話ですが、それではダンジョンの管理まで行き届かないことがほとんどでしょう」

「その戦力を先生が肩代わりしよう、ってこと？」

「ええ、エミー。その通りです。実績を積み重ね、信用と支持を得られれば自由にダンジョン攻略に挑むことが可能になるかもしれません。それが私の目標ですね」

「ただ、今の王家からは睨まれることになるでしょうね。聖女が独自に動けるだけの力を持つのを嫌うでしょうから……」

アンジェが沈んだ表情を浮かべながら呟くように言う。

それは私の目的を果たす上で大きな障害だ。王家の意思とは国の意思と言ってもいい。これに反するということは、国全体を敵に回す可能性だってある。

「それでも、ダンジョンを放置する方が危険です。国との対立は承知の上で進めていくしかないでしょう。ダンジョンを放置することによって、ダンジョン同士が結びついてしまえば国が立ち直る前に対処不能になる可能性だってあるのですから」

「それは……そうですね」

「ダンジョンの融合は魔国でも問題になる程だもの。先生の言う通り、放置すべきではないんだけどね」

「ここで国の方針が変わってしまったことが足を引っ張ってるってことですか？」

「元々、ダンジョンからしか得られない特殊な素材や、モンスターから得られる素材の有用性に注目していた派閥がいるのです。彼等はダンジョンを浄化するのではなく、間引きによる管理を行い、有用な資源を獲得すべきだと主張しています。ここに聖女を保護する政策が絡んだのが聖女が地位を落とした理由の一つです」

聖女はどうしても才能ありきになってしまう以上、すぐに数を増やすようなことは出来ない。そしてダンジョンの浄化には聖女が欠かせなくても、聖女には他にも欠かしてはならない役目がある。騎士の役割は傭兵や冒険者を雇うことで代役を立てることは出来るけれど、聖女はそんなことが出来ない。

国はダンジョンの浄化を見送ってでも主要都市の安定を優先させた。それは仕方がないことだと思う。国の安定のためと言われれば否定も出来ない。だからといって、これから起きるかもしれない問題を放置する訳にはいかない。

「〝神々の霊廟〟の浄化を失敗した一件が利用されているのですね……」

「聖女にはダンジョンの浄化の他にも、都市の維持と防衛という大事な仕事があります。なかなか代わりが利かない人材ですからね……」

「だから、先生が一手を打つと？」

「まだ猶予はあるかもしれませんが、その猶予がいつなくなるのかは私にもわかりません。〝神々の霊廟〟から魔物が溢れるようになれば聖国にどれだけ被害を齎すのか……だから出来るだけ急ぎたいという気持ちがあります。だから聖女が単独でダンジョンを踏破したという功績が必要になる訳です」

「でも、勝手な浄化をしたら先生の立場が悪くならない？」

「間違いなく悪くなるでしょうね。私が各地のダンジョンを勝手に浄化して回れば、国は私を捕らえようとするでしょう。最悪、反逆罪で死刑でしょうか」

「先生は何も間違ったことはしていないのに……」

「トルテ。権威を相手にするというのは、なかなか難しいんですよ」

私は自分が正しいと思っているけれど、今の王家の方針には背いている。

そして私が正しいということになれば、王家が間違っているということになりかねない。それを侮辱や反逆だと取られると身動きが取れなくなる恐れがある。だから、王家からの承認を得たい。

「なので、次善策を取ります。ダンジョンが浄化出来ない場合、間引きで対応するしかありませんが、そこで一番効率がいいのがコアの守護者を討伐することです」

「コアの守護者？」

トルテが首を傾げると、私が答えを言うよりも先にエミーが口を開いた。

「ダンジョンのコアは守護者によって守られてるのよ。簡単に言うとダンジョンの親玉ね。〝世界の歪み〟の影響を受けた強力な個体で、これを討伐することでダンジョンの力を大きく削ぐことが出来るのよ」

「その通りです」

「ダンジョンの浄化は国が制限をかけている。だからコアの守護者を狙って討伐するということですか……」

「その通りです、アンジェ。聖国がダンジョンの攻略に及び腰なのは、騎士と聖女の数が足りないからです。元々は騎士団が聖女を護衛しながら進むのが一般的でした。しかし聖女と騎士が四年前の事件で数を減らしている現状、この手段は選べません。だからコアの守護者を討伐するのが今取れる最善の手段でしょう」

「じゃあ、私たちもコアの守護者と戦えるようにならないといけないってことですか？」

「いいえ、それは貴方たち次第になります」

「先生は、私たちをそのために育てていた訳ではないのですか？　自分の後に続く人材として……」

「否定はしません。しかし、私はそれを貴方たちに強要することもしません。これは国の掲げる方針に背くものです。私のような聖女が現れれば、次世代に悪影響を与えると考える者が出てくるでしょう。つまり、真っ向から権力に逆らうこととなります」

私は自分のやろうとしていることをよく理解している。だからこそ、彼女たちには問わなければならない。

このまま私と同じ道を進んでいいのか。その覚悟は出来るのかという問いを。

「私には国の方針を変えられるような発言力はありません。しかし、座して待っている間にも時は過ぎていく。それに耐えられる程、私はお行儀が良くありませんから」

「お行儀が悪いで済むような話じゃなくない……？」

「だからこそ、今後の道については貴方たち自身が選ぶべきです。無謀なのは自覚していますし、付き合う意思のない者を無理には誘えません」

この選択は私のワガママだ。どうしても果たしたいから貫きたいだけ。

どんなに理由を並べられても決して退くことなんて出来ない。その行いによって否定されても気にしてられない。

でも、だからといって親しくなった人にまで強制は出来ない。何より彼女たちはまだ若い。選べる道は幾らでもある。

「今の貴方たちの実力なら、私の代わりにここに残って慎ましく生きていくことも出来るでしょう。または中央に戻って、他の聖女にはない希有な能力を武器に自分の立場を築いていくのもいいでしょう」

「先生……」

「別に聖女の義務を捨てて、旅に出たって構いません。私が貴方たちを鍛えたのは自分の力で道を選べるようにするためです。誰かに決められた道でもなく、誰かに望まれた道でもなく、自分がどうありたいか決められるように」

それでも、私と同じ道を歩んでくれると言うのなら喜んで背中を預けられる。

口には出さないけど、そうあって欲しい。でも、それと同じぐらい穏やかな場所で生きていて欲しい。

だからこそ、私は彼女たちに選択肢を与えたい。

「はん！　べらべらと好き勝手に言ってくれるじゃない、先生！」

自分の思いを確認していると、エミーが今にも挑みかかってきそうな気迫を込めて口を開いた。

「私はまだ貴方を超えていない。超えたと思う前にいなくなられても困るし、ダンジョンの踏破なんてこれ以上にないくらいに腕試しには最適だわ。魔族にとって、ダンジョンの踏破は勇者の証明でもあるしね。だから、まぁ、その、つまりあれよ！　先生の目的は私の目的と一致してるの！　だから、わざわざ聞かないでも付いていくわよ！」

エミーはまるで照れ隠しをするように言ってのける。自分で言っておいて顔を赤くしている様は、何とも好ましい。

すると、エミーに続くようにアンジェが真っ直ぐな眼差しを向けながら口を開いた。

「私もエミーと同じ気持ちです。先生、私はもっと貴方から学びたいことがあります。それが私に成すべきことを教えてくれるのだと信じられるのです。ですから、その目的を叶えるための力にならせてください」

アンジェは神妙な態度でそう告げた。

エミーとアンジェが自分の意見を口にしたからだろうか。触発されるようにトルテも口を開く。

「……私は先生に拾って貰わなかったら死んでたと思います。そんな死にかけていた私にもう一度、命をくれたのは先生です。この三年間、先生は私に生きる術を教えてくれました。それは自分で選ぶことが出来るようにって思ってくれたからなんですよね？」

「ええ、そうです」

「それだったら、私は私の意思で先生のことをお手伝いしたいと思います」

「私が歩もうとしている道は楽なものではありませんよ？　国を追われることになるかもしれませんし、命を落とすことになるかもしれません。それでもいいんですね？」

躊躇いはなかった。トルテは真剣な表情を浮かべて頷いた。

三人の言葉を受け取って、胸の奥に湧き上がる喜びを確かめるように胸に手を当てる。

私は本当に良い教え子たちに恵まれた。この縁に報いるためにも、私は彼女たちの先生として恥ずかしくない存在として振る舞わないといけない。

「……ありがとうございます。貴方たちの決意に心から感謝を。私も更に全力で貴方たちを鍛えようと思います」

「望むところよ！」

「よろしくお願い致します」

「頑張ります！」

「では、貴方たちには明日から畑仕事の後に私と倒れるまで戦って貰いましょう」

「……ん？」

「……え？」

「……はい？」

おや、おかしい。三人の先ほどまでの勢いが一気に萎んでしまった気がする。

私が何を言ったのか伝わっていなかったのだろうか？　なら、もう少し説明をしなければ。

「大丈夫です。流石に命までは奪いませんし、どんな重傷であっても私が治してみせますから安心してください」

「先生……？　それで何を安心しろって言うんですか……？」

「なんか不穏なことを言い出したわよ、この人」

「……明日からは覚悟を決めないといけないようですね」

「あれぇ～？」

そこまで悲壮な決意をさせるために言った訳ではないのに、意思疎通をするというのは相変わらず難しいものだ。

＊　＊　＊

「こんのォッ！」

「なかなか鋭い。良い打ち込みですよ、エミー」

気合いの籠もった一声と共にエミーが拳を打ち込んでくる。その拳の勢いを殺さぬまま、受け流す。

エミーの攻撃を回避すると、間髪容れずにアンジェが迫ってきた。彼女が振りかぶった剣を掌に展開した結界で受け止め、下に押し込むように動きを止めようとする。

「エミーッ！」

「はぁッ！」

すかさずアンジェに一撃を見舞おうとするも、体勢を立て直したエミーが蹴りを顔面に目掛けて放ってきた。

私は体勢を低くしてエミーの蹴りを回避しつつ、足の裏に展開した結界でアンジェの剣を更に地面へと押し込もうとする。

しかし、アンジェはそれよりも先に素早く剣を退いて、後ろへと跳んだ。

ならばと蹴りを放ったエミーの軸足を狙って足払いを仕掛ける。咄嗟に地を蹴って回避されたけど、無理に飛んだことで体勢が崩れている。

拳を握りしめ、そのまま打ち上げるようにエミーへと放つ。拳は的確にその身体を捉え、彼女の身体を空へと飛ばした。

「ぐっ……！」

「防ぎましたか」

エミーはかろうじて《結界(バリア)》を展開して攻撃を受け止めたようだけれど、勢いを殺すので精一杯だったのは手応えでわかった。

エミーが空に浮いている隙に私はトルテの姿を探した。彼女たちが打ち合えているのは彼女の《祝福(ブレス)》による支援があってこそ。ならば、最初に倒すべきはトルテだ。

彼女たちも自分たちの生命線が誰なのかよく理解している。だから私がトルテを狙うように動くと、すぐさまトルテに近づけさせないように前に出てくる。

二人が前に出ると、トルテは距離を取りながら油断なく私の動きを見ていた。視線が合うと強張(こわば)った表情を浮かべたけれど、間を遮るようにアンジェが割って入ってくる。

「行きますッ！」

「来なさい」

宣言と共にアンジェが向かってきた。その速度は申し分なく、鋭い剣捌(さば)きで私を狙う。けれど、それでも私を捉えるには至らない。

手に展開させた《結界(バリア)》を手刀のように変形させて、アンジェの剣を切り結ぶ。

結界同士がぶつかり、剣戟(けんげき)と似た音を奏(かな)でた。切り結んでいるとアンジェの表情が歪み、呼吸が乱れた。その隙を見逃さずに懐(ふところ)に入り込み、掌底を腹へと叩(たた)き込む。

「かはッ!?」

「アンジェ！」

アンジェが吹き飛ぶのと入れ替わるように、背後からエミーが再び迫ってくる。

鋭く迫った拳を、こちらも手で受け止める。その威力はバカに出来ない程で、衝撃で手が痺れてしまいそうだ。

「日に日に鋭くなっていきますね。侮れません」

「簡単に受け止めておいてよく言うじゃないのよ……！」

「先生ですから」

「は、腹立つ……！」

苛立ちに眉を歪めるエミー。その反応を好ましく思いつつ、摑んだ彼女の拳をそのまま引いてエミーを投げ飛ばす。

投げ飛ばされたエミーは体勢を立て直すのにうまくいかず、ゴロゴロと地面を転がっていってしまう。

「この、馬鹿力！」

「ヴィーヴルである貴方に言われたくありませんね？」

「人間止めてるような先生に言われたくないのはこっちよ！」

「まったくもって、その通りでッ！」

再びエミーとアンジェが挟み込むように迫ってくる。流石に両方を同時に対応するのは難しい。まぁ、難しいだけで出来るんだけど。

エミーとアンジェ、それぞれの手首を摑んで受け止め、そのまま二人の手を引いて互いの額をぶつけ合わせる。

頭をぶつけ合った衝撃で二人の動きが鈍った。その一瞬の隙を突いて、まずはエミーを投げ飛ばし、続いてアンジェを蹴り飛ばす。

二人とも受け身も碌に取れずに転がっていき、トルテへの守りがなくなった。

「トルテ、行きますよ」

「こ、来ないでくださいよォ！」

一足飛びにトルテへと向かうと、彼女は杖を構えて迎撃しようとしている。

しかし、その動きは決して悪くはないものの、エミーとアンジェに比べれば一段劣る。トルテの動きを見抜き、隙を突いて強烈な掌底を腹部へと叩き込んだ。

「あぐッ……ッ⁉」

「しっかり意識を保ちなさい」

地面から浮いた身体に追撃を叩き込む。すると、思ったよりも吹き飛んでいった。

　トルテはごろごろと転がりながらも何とか起き上がり、構えを取ろうとしていた。成る程、自分から飛んで衝撃を殺したのか。

　更に追い詰めようとしたところで、復帰したアンジェが結界を張って移動を妨害してくる。その隙にエミーが迫ってきて、私の動きを止めようと息も吐かせぬ猛攻を繰り出す。

「トルテ！　回復！　アンジェ、カバー！」

「わ、わかった！」

「エミー！　十秒、お願いします！」

「八秒よ、それ以上はキツい！」

「エミー。判断は的確だと思いますが、そこはもう少し強気でもいいんですよ？」

「うるさい！　この化け物め……ッ‼」

　エミー、先生に向かって化け物と言うのは流石にどうかと思うけど？

　抗議の意味も込めてエミーの攻撃を受け流した後、彼女の身体を掴んで勢いよく地面へ叩き付けた。

「かは……ッ！　……ぅ、ぁ……」

「エミーッ！」

「まず一人」

地面に叩き付けられたエミーは親の仇と言わんばかりに私を睨むも、それが限界だったのかそのまま力を失い、ぐったりと身を地面に投げ出した。

「トルテ、《祝福》を全てエミーに！　それまで何とか凌ぎます……！」

「う、うん！」

アンジェはトルテの前に立ち、全力で自分たちを守る結界を展開した。守りに徹している間にトルテがエミーを回復させるつもりなのだろう。

私はすぐさまアンジェの結界へ殴りかかった。拳の勢いを押し留めようと反発してくる結界に対して、私も《結界》を展開させて結界同士を噛ませる。

そのままねじ切るようにして拳を回しながら結界を回転させて、アンジェの結界を食い破る。結界が崩れていく破砕音が響く中、動きを止めていたアンジェの懐へと入り込み、喉を強打する。

「かはっ……！」

「二人目」

アンジェの息が一瞬止まって、硬直する。その瞬間に足払いを仕掛けて体勢を崩す。宙に浮いて背中から倒れていくアンジェの頭に手を添え、そのまま地面に押しつけるように叩き付ける。

「アン……ッ！」

「終わりです」

アンジェがやられたことに動揺して動きが止まったトルテの腹部に強烈な一撃を入れると、身体をくの字に折りながらトルテが崩れ落ちる。

何度も咳き込みながら痙攣するトルテを見下ろしていると、トルテの杖を握る力がまだ弱まっていないことに気付いた。

杖に灯る光は、《祝福》の発動の直前であることを示す兆候そのもの――トルテはまだ諦めていない！

「――エミィーッ！」

「アァアアアアアアアアアア――ッ‼」

トルテの叫びに応じるように、エミーが吼えた。鬼気迫る、という勢いで歪んだ表情のまま背後から襲いかかってくる。

疲労困憊、満身創痍という言葉を当てはめるに相応しい様相だけれど、それでも彼女の目の光は死んでいない。

身体はボロボロな筈なのに、それでも動きのキレが良くなっていく。今、この一瞬ごとに彼女が強さを増していくのを実感する。

その度に、胸の奥から浮かんでくる感情をどう喩えたらいいんだろうか。

「さっさと起きろ、アンジェッ！」

「アンジェ！　起きて！」

「……う、くっ……！　……うぁぁぁぁああああ――ッ‼」

私と殴り合っているエミーが叫ぶ。ふらつきながらアンジェに駆け寄って《祝福》をかけるトルテもアンジェへと呼びかける。

その声に呼び戻されるようにアンジェが起き上がる。剣を支えによろめきながら立ち上がると、エミーと同じような必死の形相で向かってくる。

極限まで追い込まれた集中力が身体に蓄積された疲労とダメージを凌駕しているのか、二人の動きは先ほどよりも研ぎ澄まされている。

そんな二人を支えているのはトルテだ。私に捉えられないように距離を取りつつ、決して二人の支援を怠らない。

三人の動きが揃っていく。攻撃に転じる隙が減っていく。一つ、また一つと積み上げるように彼女たちは私に食らいついてくる。

「――素晴らしい」

素直に賞賛の言葉が零れる。

それ程までに三人の成長は目を見張るものがあった。それぞれが支え合い、互いに影響を及ぼすことによって成長していく。

自然とお互いの立ち位置を把握出来るようになり、自分が出来る最善を尽くしていく。言うのは簡単で、実行するのは難しい。そんな難題を我武者羅になりながらも解いていく姿は先生として誇らしい限りだ。

「はぁ……っ、はぁ……っ……この、まだだァアア――ッ‼」

感慨に浸っていると、エミーの呼吸がブレかける。ふらふらと身体が揺れたかと思えば一気に加速して私へと迫った。

まさか、と驚きの感情が私の胸を満たす。今、エミーが見せた動きは最初に彼女と出会った時に私がやってみせた動きと同じもの。まだまだ荒削りではあるものの、彼女は無意識に私の技を模倣していた。

防御は間に合う。けれど、それは反射に任せた防御だ。後先のことを考えていない動きは私に隙を作るのには十分だった。

隙といっても針穴に糸を通すような僅かな隙間だっただろう。それでも、エミーが生み出したチャンスを決して見逃さない子たちがいる。

「――アンジェッ！」

「――ッ‼」

トルテの鋭い声が聞こえるのと同時に、アンジェは踏み込んでいた。踏み込みの勢いを殺すことなく、繰り出された突きは私の胸元を狙う。

エミーに押さえ込まれていた私はその突きを止めることが出来ず、咄嗟に展開した結界で防ぐ。

しかし、アンジェの剣は勢いを殺されながらも私の肩を掠めた。肩に痛みが走り、血が流れていく。ほんのわずかな傷だけども、傷をつけられたことは事実だ。

「……見事です。よく頑張りましたね、三人とも」

私がそう告げると、意識を朦朧とさせながら肩で息をしていた三人が崩れ落ちるように地面に倒れていく。

意識はあるものの動く気力も喋る気力もないようで、ただ荒く呼吸するだけだ。

「や……やっと……やっと、その日の内に休みが取れた……！」

「日が……まだ……沈んでませんよ……や、やったんです……！」

「これで……ご飯を食べて……すぐ意識を失うように倒れることなく……眠れる……！」

今日まで彼女たちは朝から畑仕事に精を出して、その後は夕食までぶっ続けで私と戦闘訓練を行っていた。

休憩を取る条件が私の身体に傷をつけることだったけれど、その条件をクリアしたのは今日が初めてだ。

「おめでとう、とお伝えしておきましょう。今日の夕食は少し豪勢にしましょうか」

最早、言葉が出ないのか。三人は地面に身を投げ出したまま動けないままだ。けれど、その表情は満足感に溢れているのだった。

＊　＊　＊

「それにしても、本当に地獄の毎日だったわ」

いつもの倍以上の量を食べながらエミーがぽつりと呟いた。その隣で上品でありながらも、いつもより気持ち早く食事を進めていたアンジェが顔を上げる。

「ええ、いっそ意識を失ったり、死んだ方がマシなのでは？　とも考えましたね」

「先生は私に色んなことを教えてくれたけど、今回は本気で死ぬかと思いましたよ！」

リスのように頬を膨らませていたトルテは口の中のものを呑み込んだ後、乾いた笑いを零しながらそう言った。トルテに頭がおかしいとまで言われているが、これも私の経験則に則ってしっかり考えた結果なんだけれども。

「地獄だと言いますが、本当の地獄はこんなものじゃないですよ」

「なにそれ、怖い」

「ええ。ダンジョンとは怖いものなんですよ。だからこの程度もこなせなければ単独でのダンジョン攻略なんて出来ません」

　私がそう言うと、エミーが天を仰ぐように視線を上に向けた。そのまま手を視界を覆い隠すように置いて、深い溜息(ためいき)を吐き出す。

「……そうだった、この人はダンジョン・コアを一人で持ち帰ってこられるような化け物なんだってことを忘れてたわ」

「先生に対して化け物と言うのは止(や)めませんか？　冗談でも傷つくんですよ？」

「えっ？　先生、傷つくんですか……？」

トルテ、何故(なぜ)そんな不可解そうな目で私を見たの？　後で個人的な授業をした方がいいだろうか。あと、私と合った目をどうして逸(そ)らすのかな？

　トルテが頑(かたく)なに私と目を合わせようとしない中、ぽつりとアンジェが呟いた。

「つまり、この程度は軽くこなして貰(もら)わないと認めて貰えないってことですか……」

「いえ、貴方(あなた)たちの実力は認めています。ですが、もっと上を目指して欲しいとも思っています。それだけダンジョンというのは厄介な場所なので、備えは出来る限りしておきたいんです」

「……実際、あの訓練よりもダンジョンって厳しいの？」

「エミーの質問の答えにもなるので、私なりのダンジョン攻略法についてお話ししましょう。まず基本的にですが、私はダンジョン内での戦闘を可能な限り避けています」

「え？　でも、先生なら並大抵のモンスターなら倒せるんじゃ……？」

「トルテ、そう思ってくれるのは誇らしいですが、前提条件について考えなければなりません。目的はあくまでダンジョンの踏破であり、モンスターの殲滅ではありません。敵の数が多ければそれだけ消耗します。流石に私でも、ダンジョンの中にいるモンスター全てを相手にはしてられません」

「あっ、そうか……つい、いつもの先生を見てると負ける姿が想像出来なくて……」

「そうですね、負けはしないでしょうが目的を果たすことも出来ないでしょう」

「そこで負けないって言う辺り、トルテの言うこともわかるのよね……」

「先生の言ってることの方が当たり前の筈なのに、何故だかトルテの言うことに納得してしまうんですよね……」

「やっぱりそう思いますよね？」

　私の目の前でひそひそと話し合う三人。仲良くなってくれたことは嬉しいけれど揃って私への扱いが雑になっている気がするのは気のせいだろうか？

「私の認識について後でゆっくり話を聞きたいと思いますが、話を戻しましょう。今までダンジョンとは敵を殲滅しながら進むことが常識でした。ですが、私たちは少数で挑むことになりますので、別の方法を考えなければなりませんでした」

「別の方法ねぇ……先生はもうそれを実践してるってことでいいのよね？」

「ええ、規模の小さなダンジョンでは実証済みです。とはいっても、単純な話ですよ？大物だけ狙って、それ以外は出来るだけ戦闘を避けるだけですから」

「なんか……討伐って言うよりは、狩りに近い気もしてきたわね……」

「そうかもしれません。実際、間引きが目的でもありますし」

これなら国が文句を言えないギリギリのラインの筈だ。これすらも禁じられるというのであれば、私がこの国で出来ることは何もなくなるだろう。

「狙いがコアの守護者である以上、戦闘を避けながら迅速に攻略する必要があります。そこで必要になるのは速度と体力です。体力は畑仕事で鍛えられていますので、次は速度です。単純にダンジョンを走破する速度、それから実戦における判断の速さと正確さです」

「戦うべきか、戦わないべきか、それを瞬時に見極めるということですね？」

「その通りです、アンジェ。速度を上げるためには聖女の力を使いこなして、身体能力を極限まで引き上げなければなりせん。それだけでは息切れを起こしてしまうため、自分と相手の戦力差を把握出来る判断力を培わなければなりません。これらを手っ取り早く鍛えるなら自分の限界を知るのが一番です」

「だから徹底的に私たちを叩きのめしたってことね……」

「ダンジョンは常に判断の連続です。常に最良の選択をするためには強靱な精神が求められます。だから簡単に心が折れては意味がありません。出来るだけ戦闘を避けるといっても避けられない戦闘もあるでしょう。ほぼ丸一日、移動に費やしてモンスターから逃げ続けなければならない状況に陥ることもあります」

私がそう告げると、三人は黙り込んでしまった。

無理もない。私だってダンジョンに挑む際には死を覚悟する。どんなに鍛えても、どんなに強くあろうとしても、それでもいつ呑み込まれるかわからない恐怖が襲ってくる。

ダンジョンは根本的にモンスターのための世界だ。外敵である余所者には過酷なルールを押しつけてきて、潰そうとしてくると言っても過言じゃない。

「正直、これからの訓練は貴方たちを痛めつけるだけに終わるかもしれません。それでも私はこれが最善と信じて、貴方たちに達成するべき目標だと掲げます。ですので、付いていけないと思ったらすぐに辞退して頂いてもいいですよ？」

「舐めんじゃないわよ、先生」

エミーが牙を剝くように歯を見せながら、威嚇するように告げる。

「先生が仰る程、ダンジョンを攻略するというのは過酷なことなのでしょう。あの稽古もそんな理不尽さに少しでも慣れるための思いやりだというのは理解しています」

アンジェは一切揺らがない気配を漂わせて、真剣な表情で告げる。

「この程度でへこたれてたら先生の教え子なんて名乗れませんから！　理不尽だと思うようなことを乗り越えてこそ、ですよね！」

トルテは自分を奮い立たせるためか、胸の前で両手を握ってみせる。

彼女たちの言葉を、私は確かに胸に刻む。いつか、この選択を後悔させてしまうかもしれない。そんな弱音が泡のように浮かび上がってきそうになる。

それなら、そんな後悔をする日が来ないように全力で鍛え上げる。どんな理不尽に襲われたとしても、必ず最後まで彼女たちが顔を上げられるように。

「本当に貴方たちは素晴らしい教え子たちです」

だから、どうか貴方たちの行く先に、欠けることのない幸福があることを願わせて。

＊　＊　＊

夕食を食べた後、三人は溜まっていた疲れを癒やすかのように深く眠りについた。

その後、私は一人で村へと下りてきていた。向かった先はドウェインさんの家だ。扉をノックすると、ドアが開いてドウェインさんが顔を見せた。

「ドウェインさん、お邪魔します」

「おう、ティアか。顔を見せたのは随分と久しぶりだな」

ニヤリと笑みを浮かべてから、ドウェインさんがそのように言った。

何を思って私を気に入ってくれているかわからないけれど、ここまで明け透けな態度で接してくれるのはありがたいことだ。

「あの子たちには村では気楽に過ごして欲しかったので。なので私が来るのは控えてました。私がいれば息が詰まるでしょうから」

「はん、成る程ね。そういう魂胆だった訳だ」

「ドウェインさんたちから学べることはとても多い。私はより多くの経験をあの子たちに与えてあげたいんです」

「がははは！　ここにいるのは偏屈な変わり者ばかりだぞ！　そんなろくでなし共から学んだところで捻(ひね)くれるだけだろうよ！」

「それ、ナンナさんの前でもう一度言えますか？」

「おい、止めろ。スープの具材を減らされたら堪(たま)ったもんじゃねぇ！」

それは確かに恐ろしい。ナンナさんのスープはとても美味しいので更に恐ろしくなる。

ナンナさんは、この村で唯一まともな常識人と言える人だ。

それでいて、クセの強い人たちを黙らせるだけの胆力もある。胃袋を握られている人が多いので逆らう人もいない。

ドウェインさんもその一人だ。私だってナンナさんを怒らせようとは思わない。

「それで、エミーとアンジェの武器はどうですか？」

話を切り替えるように問いかけると、ドウェインさんが腕を組んで厳しい表情を浮かべた。私も自然と背筋が伸びてしまう。

「後は本人たちに見て貰ってから直して仕上げるだけだ。はっきり言うが、あれはまだ嬢ちゃんたちの身の丈に余るぞ？　何せこの儂が作るんだからな。トルテだってまだ武器に振り回されてるだろ？　まぁ、あれはモーリルの婆さんが手を入れてるからってのもあるがな」

ドウェインさんの作る武器はとても出来が良い。下手な人が持てば宝の持ち腐れであると言い切っても過言じゃない。

それをまだ未熟である彼女たちに持たせるのはどうなのか、という懸念はわかる。けれど、私としては出来る限りのことはしてあげたいと願ってしまう。

「あの三人なら大丈夫です。すぐ武器に見合うようになるまで育てるだけですので、用意をお願いします」

「言うじゃねぇか！　それはつまり、覚悟は決めたってことか？」

「……とうの昔に？」

「お前さんだけなら、な。儂が言っているのは他人の人生に関わる覚悟だよ」

ドウェインさんの言葉についぴくりと眉を跳ねさせてしまう。

彼へ視線を向けると、静かな眼差し（まなざし）が私を見据えていた。私そのものを見定めているかのようだ。

「ティア、お前さんの覚悟は生き抜く覚悟であるのと同時に、自らの死を受け止めるものでもある。死を覚悟した人間っていうのはな、あっさりと大事なものを手放すんだ。それも仕方ねぇ、死後まで持って行けるものなんて死者しか知らないんだからな」

「別に死ぬつもりはありませんよ？」

「いつ自分の人生が終わってもいいように整理整頓してるだろうがよ」

否定の言葉は出なかった。私自身、その言葉通りだったからだ。

別に死にたいと思っている訳ではないけど、いつ自分が死んでも問題がないようにしているのは間違いない。

「お前さんは強い。聡いし、肝も据わってる。それでいて他人に気遣おうなんて余裕まである。何から何まで凄ぇよ。そこまで出来る人間はそうそういねぇ」

「褒めてくれてますよね？」

「あぁ、褒めてんだよ。だけどな、同時に哀れにも思う。どうしてお前はそこまで強くならないといけなかったんだろうな、ってな」

　ドウェインさんの言葉はとても静かだった。だけど、同時に重苦しさもある。

　丁重に自分の中身を暴かれているかのような気分だ。苦い気持ちが込み上げてくるのを隠すように歯を噛みしめる。

「お前さんも死にたくなる程の後悔をしたんだろうな。一度死に触れちまったからこそ、死に近づく覚悟を決めることの意味を悟ってしまってる」

「……耳が痛いですね」

「おう、自覚しておけ。そして、忘れるな。人は生きてこそ成し遂げられるんだ。それが誰かに認められるようなものでなくても、お前の足跡はこの世界に残される。消えることなんかないんだ。お前を覚えている者がいる限り、お前がいなくなったという傷は癒えることはない。忘却だけが死の傷跡をなくす手段なのに、人は何故、死者を完全に忘れないと思う？」

その問いかけに私はそっと目を伏せる。今でも目を閉じればジェシカの姿を思い浮かべられる。憧れて、眩しく思っていた姿。永遠に変化することがなくなってしまった思い出の中にある面影。

忘れることなんてない。思い出す度に胸に締め付けられるような痛みが走る。これからも消えない痛みだ。ドウェインさんが言うように、忘却だけがこの傷の痛みを鎮めてくれるんだろう。

それでも私はジェシカのことを忘れないだろう。この傷が私を苛み続けることになったのだとしても。

「……その人が本当に大切だったから。傷だらけになっても失いたくなくて、ずっと抱えていたいから」

「そうだ。そして、お前さんも誰かにとっての大切になるんだよ。アイツ等の先生なんだろう？」

思い浮かべていたジェシカに代わるように、今度は三人の姿が思い浮かぶ。

それぞれの決意を秘めて、私と同じ道に進むと言ってくれた子たち。愛おしいと思うのには、それだけで十分な理由だ。

「ええ、わかっています」

「ならいいさ、儂は年寄りだから口うるさく言ってやる。死ぬなよ、バカ野郎ってな」

「野郎じゃありませんが、わかりました」

「いちいち細かく揚げ足とってんじゃねぇ、バカがよ！」

バカと言いながらも、ドウェインさんは笑みを浮かべてそう告げた。

「儂はまだお前さんに満足な武器を打ってやれてねぇんだ。その時まで意地でも生き抜いてやるから、くたばる予定は儂が逝ってから立てるんだな」

「はい」

「墓前に添える酒は、最上級のもので頼む」

「いちいち注文が多いですね」

「お前さん程じゃねぇよ！　自分がどれだけ無茶苦茶やってるか自覚しろっての！」

「してますよ。してるから、なんですよ」

「おう、知ってる」

「それなのに口うるさいですね」

「だからこそ、だろう？　一仕事終わったら、全員で顔を出せよ。ナンナに頼んで宴を開けばいい。胸を張って帰ってこい。とびっきりの成果を出してな。出来るんだろ？」

「必ず果たしますよ。私はドウェインさんが思っているよりも頑固で貪欲ですからね」

「そりゃいい。それなら絶対に生きて帰ってくるんだな」

勿論(もちろん)、必ず帰ってくるつもりだ。私の目標は、もっと遠い先にあるのだから。

だから、これは大きな目標であるのと同時に通過点でしかない。

「三人の武器が完成したらドラドット大霊峰に行くのか？」

「ええ。エミーとアンジェが武器に慣れて、三人の連携がもう少し仕上がったら行くつもりです。そろそろ手を付けなければ危うい気配が漂っていましたからね」

「そうかい。じゃあ、儂も仕事をせんとな」

「ええ。では、武器についてはよろしくお願い致しますね」

「誰に物を言ってやがるってんだ。完璧に仕上げてやるよ」

私が言うと、ドウェインさんは不敵に笑ってみせるのだった。

＊　＊　＊

翌日、私は三人を連れて村へとやってきた。

目的は勿論、ドウェインさんが作ってくれたエミーとアンジェの武器を見せるためだ。

「ドウェインさん、来ましたよ」

「おぉ、よく来たねェ！　ティア！」

「あれ？　モーリルさんも一緒ですか？」

「ふん。自分が手がけたから一緒に説明してやると押しかけてきたんだよ。朝からうるせぇったらねぇ」

ドウェインさんの工房にはモーリルさんの姿もあった。頑固一徹であるドウェインさんと自由奔放なモーリルさん。この二人は気が合うんだか、気が合わないんだかよくわからない間柄だ。

私の武器は二人の共作なので、出来れば仲が良いとありがたいのだけど。

「二人とも、本当にありがとうございます。私のお願いを聞いてくれて」

「いいさ、儂にとっては修業でもあるからな」

「そうさねェ！　まァ、ティアの願いを聞いてやったんだからこっちの願いも聞いて欲しいんだがねェ。まず、その子たちの武器を見て貰ってから話をしようか」

モーリルさんは相変わらず胡散臭い笑みを浮かべながらそう言った。私は後ろに控えていたエミーとアンジェに声をかける。

「エミー、アンジェ。まずは確認してみてください」

「わかったわ」

「わかりました」

「おう。それじゃあこっちのガントレットがエミーの、こっちの剣がアンジェのだ」

まずエミーに渡されたガントレット。色は白で、どこか細身ながらしっかりとした印象を受ける。手の甲の部分には何かの宝玉が塡め込まれていて、洗練された美しさを感じさせた。

そしてアンジェが受け取った剣。こちらは白っぽい刀身が美しい優美な剣だ。柄の装飾は金色で纏められており、王女様が持つに相応しいと感じさせる。

更に付け加えると、エミーのガントレットと同じような宝玉がこちらの剣の柄にも付いているのが少しだけ目を引く。

「どうだい。着け心地や握り心地を確かめてくれ」

「……良いわね。手に吸い付くように馴染む感じがするわ」

「ええ。とても持ちやすくて振りやすいです。まるでずっと使ってきたと錯覚してしまいそうになりますね」

「ヒャッヒャッヒャッ！　この爺は鍛冶の腕だけはピカイチだからねェ！」

「うるせぇな！　偏屈婆に言われたくねぇよ！　さっさとそれの説明して帰りやがれ！」

「……説明？」

「あれ、言ってませんでしたっけ？　それ、アーティファクトですよ」

「は？」

「はい？」

使い心地を確認していたエミーとアンジェは揃(そろ)えたように動きを止めて私を見た。

「これ、アーティファクトなの……？」

「そうだよォ。浄化したダンジョン・コアを使った聖女専用の特注品さァ」

「はぁぁああ!?」

「ダ、ダンジョン・コアを使ったアーティファクト……」

エミーは目を見開きながら驚きの声を上げて、アンジェは顔色を悪くしながら剣へ視線を落としている。二人の反応が楽しくて堪(たま)らないのか、モーリルさんは満面の笑みだ。

「聖女の力を増幅させるアーティファクトはダンジョン・コアを使うしかないからねェ。まぁ、ティアが腐る程持って帰ってきてるからここではそこまで大層な品じゃないさァ。名前を付けるなら〝聖甲〟と〝聖剣〟かねェ。トルテのは〝聖杖(せいじょう)〟だからねェ」

「ここには常識を投げ捨てた変人しかいないの!?」

「全体的に聖女の力を底上げしてくれるがねェ、エミーのガントレットには《浄化(ピュアリファイ)》の増幅効果を、アンジェの剣には《結界(バリア)》の増幅効果を付けておいたよォ。得意分野を伸ばせるようにってねェ！」

「私の話を聞け！」

マイペースなモーリルさんに翻弄されながらも怒鳴るエミー。

アンジェはまだ衝撃が抜け切ってないのか、心あらずといった様子だ。そんな彼女を心配してトルテが揺さぶったりしている。

「そうだァ、話といえばティアにお願いがあるんだよォ！」

「そういえば、言ってましたね。何ですか？」

「アンタァ、近々ドラドット大霊峰を攻略しに行くんだろうゥ？」

「ええ、そのつもりです」

「だったらさァ、そこの一番良いダンジョン・コアを持ち帰ってきておくれよ？」

「なっ⁉　ちょっと、それ本気で言ってるの⁉」

モーリルさんのお願いにエミーが信じられない、というような表情を浮かべた。

私も少し驚いた。まさかモーリルさんから直々にそんなお願いをされるとは思っていなかった。

「今回、この二人の武器を作って色々と見えてきたからねェ。今度こそ、アンタに相応しい武器を作ってやりたいって思ったのさァ。この爺もやる気だからねェ」

「……チッ、否定はしねぇけどよ」

「それでどうして一番良いダンジョン・コアを持って帰ってこいって話になるのよ？」

「アンタたちに渡した程度の性能のアーティファクトじゃ、ティアの力に耐えられないからなのさァ。それは所詮、位の低いダンジョンから取れたダンジョン・コアだからねェ。品質が追いつかないのさァ」

　モーリルさんの説明を聞いた後、エミーは数秒黙った。それから何かを考え込むように天を仰いだ後、大きく息を吐いた。

「……どこに、どこから、どう驚くべきなのかわからなくなったわ。私自身が理解しようとするのを拒んでる」

「アンタが拒もうと事実は事実さァ。という訳で、頼んだよ？　ティア」

「まだ引き受けると言ってませんが？」

「何言ってんだい、アンタは引き受けるだろうさァ。理由が出来たからねェ？　ダンジョン・コアを浄化することが出来れば、この辺境の生活は楽になる。何せモンスターが弱体化するんだからねェ。ティアも今程、村の結界に力を注がなくてもよくなる。でも、するつもりはなかったんだよねェ？」

「……それは」

　思わず言い淀むと、モーリルさんが楽しそうに笑い出した。

「ヒッヒヒッ！　国から睨まれるのは自分一人でいいってかいィ？　水臭い、水臭い！

ここまで協力してやってんのに仲間外れなんて寂しいことするんじゃないよォ！」

「……先生が勝手にダンジョンを浄化して、ダンジョン・コアまで私物化したら間違いな
く国から睨まれるでしょうからね。もちろん、ドウェインさんもモーリルさんも」

アンジェがぽつりとそう呟いた。勿論、私も同じことを考えていた。だから二人を頼り
つつも、どこかで彼等に迷惑をかけないように立ち回ろうと考えていた。

「ここがティアが管理している領地であってもねェ！　きな臭いったらありゃしないよ！

だから巻き込みたくないなんて考えてたんだろう？」

「モーリルの婆さんに同意するのは癪だがな、儂等はもうすっかり巻き込まれてるんだ。

今更遠慮するな」

「……はぁ、だから、私へのお願いですか」

「そうだよォ！　私の知的好奇心と爺の創作欲求を満たすために頼んだよォ！」

「そこまで言われたら断れませんね……」

わざわざ私がやりたいことが出来るように理由を作ってくれたのだ。彼等に甘えてしま
ったら迷惑をかけるなんて、そういう風に考えるのも彼等への侮辱だろう。なら、ありが
たく受けることにする。

その代わり、辺境がもっと暮らしやすくなったら私のワガママも聞いて貰おう。

そんなことを考えていると、モーリルさんはエミーたちへと視線を向けた。

「ヒヨッコ娘たち、せいぜいティアの足を引っ張るんじゃないよォ？」

「……言ってくれるじゃない」

「アンタたちが情けなかったら私の望みが叶わないからねェ！　それにこの程度の言葉も跳ね返せないようじゃ、ずっとティアに置いてかれるよォ？」

「モーリルさん、そこはちゃんと私が責任を持って育てますから大丈夫です」

「ヒッヒッヒッ！　ティアが婆さんになる前に育ちきるといいねェ！」

「言ったわね、この変人クソババァ！　絶対に認めさせてやるわ！」

「流石に私も頭に来ましたね……目に物を見せてあげましょう」

「あ、あぁ……！　二人がモーリルのお婆さんに踊らされてる……！」

モーリルさんの言葉にすっかり頭に血に上ってしまったエミーとアンジェ。そんな二人を見て、トルテがあわあわとしている。

モーリルさんに振り回されないようにするには、ちょっとコツが要るからな……。

「アンジェ！　帰ったら、これを使いこなすための特訓よ！」

「奇遇ですね、私も言おうって思いました。トルテ、頑張りましょう」

「あれ!? 私も!? いや、そっか、私もだよなー！ くぅー……！」

熱意を燃やしながら頷き合っているエミーとアンジェ。巻き込まれたトルテには同情してしまうけれど、三人が強くなってくれるならそれに越したことはない。

ドラドット大霊峰のダンジョン・コアを持ち帰ってきて欲しいと言われているし、確実に持って帰るためには三人の成長が不可欠だ。

それに、私ももっと強い武器が欲しいと言えば欲しい。この二人が全力を尽くして作り上げた作品を見たい。

あぁ、本当に。諦めている暇なんてない程だ。俯いている暇があったら顔を上げて前を見た方がずっといい。

いつか後悔する未来が待っていたのだとしても、それは先の話でしかないのだから。

――そして、時は流れる。

エミーとアンジェが自分の武器を使いこなし、三人の連携も順調に上達したことを確認した私は決意した。

「――行きましょう。ドラドット大霊峰の攻略に」

第五章　疾駆

ドラドット大霊峰。モンスターの中でも特に強力だと言われるドラゴンが数多く棲み着いており、足を踏み入れれば生きて帰ってくることは出来ないとされるダンジョン。

その歴史は長く、古くから禁域として語り継がれてきた。攻略は不可能であり、間引きによる氾濫を防ぐことで精一杯である、と。

「そんな場所に足を踏み入れることになるだなんて、人生なんてわからないものね」

「おや、怖じ気づきましたか？　エミー」

「そういうアンタこそ緊張してるんじゃないの？　アンジェ」

「もう、二人とも！　こんなところで喧嘩しないでよ！」

感慨深そうに呟いたエミーをからかうアンジェ。すぐに睨み合いを始めた二人に呆れたようにトルテが注意する。

前人未踏の地を前にして緊張感が感じられないけれど、これは緊張を解すためのじゃれ合いなのだろう。

それが取り繕った余裕なのだとしても、笑えないよりはいいと思う。頼もしい限りだと、私は微笑を浮かべる。

「お喋りは結構ですが、これからドラドット大霊峰に挑むに当たって確認があるので話を聞いてください」

私が軽く手を叩いてから、三人にそう告げる。

彼女たちはじゃれ合いを止めて、表情を引き締めて私の話を聞く姿勢を取った。

「貴方たちも知っての通り、ドラドット大霊峰は禁域に認定されたダンジョンです。古くより存在し、〝世界の歪み〟を浄化出来ていないこと、そして後に発生したダンジョン群と結びついたことによって構造が複雑化しており、攻略不可能だと言われています」

「それって目に見えてるよりも、霊峰そのものが滅茶苦茶広くなってるってこと？」

「はい。従来の方法であれば、まず間違いなく攻略は不可能だと断言出来ます」

ただ単純にモンスターを倒すだけでは攻略出来ず、山登りという自然との闘いも控えているのだ。まだダンジョンが浅い部分であればモンスターも強力ではない。しかし、潜れば潜る程に危険度が上がっていく。

更には攻略に時間をかけてしまえばダンジョンの構造が変わってしまう危険まである。これが複数のダンジョンが結びついてしまった際に起きてしまう問題だ。

「結びついた末端のダンジョンを浄化していくという方法もありますが、これは対処療法にしかなりません。ドラドット大霊峰を攻略するには、ダンジョンの中心になっているとされる大本を叩く必要があります」

「……改めて言われると、なんだか軽く死ねるようなことしか言ってないわね」

「そうですね。ですが、私たちはそれを成し遂げなければいけませんし、決して不可能だとは思っていません。今の私には貴方たちがいますしね」

「ふん。大船に乗ったつもりでいてくれていいのよ？」

「エミー、そんなに大きな口を叩いて後悔しない？」

「トルテ、これは虚勢という奴(やつ)です。突っ込むと後で怒られますよ」

「今怒ってやろうか‼」

気が抜けるようなじゃれ合いを披露する三人。それに口元が緩みそうになるも、しっかり引き締めて話を続ける。

「三人とも、再三言いますがあまり気負わないでください。ダンジョンの道案内は私がしますが、それが必ずしも正確とは言えないでしょう。ですので、攻略を断念するかどうかの判断は貴方たちに委ねようと思っています」

「えっ⁉」

「判断を私たちがするのですか……？」

「私は力の温存と、貴方たちを死なせないことに徹します。もし貴方たちが無謀になって力及ばないという状況に追い込まれた時は私の判断で撤退しますが、その場合は貴方たちに攻略の資格を私からは与えないと思ってください」

「……撤退するという判断はいいの？」

「ええ、生きていれば何度だってチャンスはやってきます。私たちは生きて使命を果たさなければいけないのです。だから命を捨てるような真似は絶対に許しません」

ここだけは言い聞かせるように厳しく伝えた。それに合わせて表情を引き締めた三人を見てから、私は気を緩めながら息を吐く。

「今回の攻略で目標を達成出来なくても構いません。大事なのは己の力がどこまで通用するのかを知ることです。進むのか、引くのか、その判断は今後も大事になっていきます。いつか私が不在でも貴方たちだけでダンジョンを攻略する日が来るかもしれません。その時に備えるつもりで挑んでください」

「……つまり今回の先生は、私たちの引率係ってことね。まだ対等の仲間じゃない、と」

「そこまでは言いませんが……でも、まだ目を離していいとは確信出来ていません」

「わかりました。それなら先生に安心して頂けるような結果を出す必要がありますね」

何故(なぜ)か妙に気合いが入った表情で、三人が顔を見合わせて頷き合った。

「エミー、トルテ。まずは陣形を決めましょう。個々では先生に及ばないですが、三人の力を合わせることで最大限に活(い)かすことが出来ます」

「私は前に立つわよ！　気配には敏感だし、斥候をやるのが向いてると思うわ」

「では、私はエミーの後ろに付きましょう。結界による防御や足場を作ればダンジョンを走破する際の補助が出来ます。ですので、全体の指揮はトルテにお願いしたいです」

「わ、私⁉　私でいいの？　指揮だなんて……」

「トルテの《祝福(ブレス)》を活かすなら後ろにいてくれた方がいいですし、私たちのことをよく見てくれていますからね。前に出る以上、私たちの視野が狭まる可能性がありますし、そこは一歩引いてトルテに見て貰(もら)いたいんです。最悪、私たちが負傷してもトルテさえ健在であれば治癒も出来ますからね」

「……わかった。そう言うなら私が指揮を執るよ」

「信頼してるわ、トルテ」

「うん。でも、アンジェはエミーが熱くなったらちゃんと止めてね？」

「仕方ありませんね、引き受けましょう」

「はぁ⁉　アンジェ！　アンタだって結構頭に血が上るでしょうが！」

「先生は私の護衛をお願いします。私がどうしても二人には無理だと判断した場合か、もしくは私たちの判断が遅かった場合の保険を担(にな)ってください」

「はい。よく言えましたね、トルテ。それで正解ですよ」

三人の話し合いに私は満足げに頷きつつ、トルテへとそう返す。

「繰り返しますが、生きていれば何度だってチャンスがあります。全員生き残って目的を果たしましょう。――それでは、攻略開始です」

＊＊＊

ダンジョンは世界の歪みによって現実の世界がねじ曲げられ、異空間と化している。

ある程度は元となった場所と近い景色にはなるけど、広さはダンジョンによって違う。だからどれだけ進んでも同じ景色に見えることもあって、精神を疲弊させてくる。これも性質(たち)が悪い点の一つだ。

ドラドット大霊峰の場合は、どこまでも続く山と森だ。どれだけ登っても頂上が見えなくて、気を抜くと自分がどこにいるのかもわからなくなってしまいそうだ。

そんなダンジョンの中を迷いなく先導するのはエミーだ。彼女は魔族だからこそ世界の歪みの気配に敏感である。その特性を利用した索敵能力は、正直私以上だ。

「前方、中型が三体！　迂回(うかい)は可能！　迂回なら進路は右に！」

「迂回しても奥へ進むのに影響は？」

「大きく影響はしない！」

「なら迂回で！」

「了解！」

エミーの報告を受けて、トルテが状況を把握する。そしてトルテの指示を受けてエミーが進路を修正する。

大きな声で会話していると周囲に聞こえそうなものだが、それはアンジェがカバーしている。包み込むように結界で覆い、外に声が漏れないように遮断しているのだ。

基本となる《結界(バリア)》のやり方を教えたのは私だけど、私でも唸(うな)る程に磨き上げたのは彼女の功績だ。繊細な魔力制御が出来ているからこそ可能な芸当だ。

「進路はこのままが最短！　でも、進路上に大型が一体！」

「対処は？」

「可能！」

「可能であれば撃破、でも優先は突破で！　そのまま駆け抜けるよ！」

「任せなさい！」

「《祝福》、行くよ！　アンジェは後詰めを！」

「エミー、討ち漏らしてくれても構いませんよ？」

「はん！　黙って後ろで見てなさいっての‼」

トルテから放たれた《祝福》の光がエミーへと向かい、溶け込むように消えていく。

エミーがそのまま駆けていくと、巨大な影がゆっくり動くのが見えた。地竜と呼ばれる翼のないドラゴンの一種だ。

格の高いドラゴンで、スピードがない代わりに頑強な肉体と堅牢な鱗を有している。並の攻撃では傷つけることも出来ず、反撃されて返り討ちにあったという逸話も多い。

地竜は一切警戒するようなこともなく緩慢な動きでこちらを見た。それがエミーの神経を逆撫でしたのか、彼女は勢いよく地を蹴って突っ込んでいく。

「余裕ぶっこいてるんじゃないわよ！　こんの、のろまがァッ！」

エミーの両手に嵌められたガントレットが淡い光を放った。勢いを殺さぬまま、身体の捻りまで加えた一撃が地竜の顔面へと叩き込まれる。

大きさを比べれば、エミーの四倍以上はあるだろう巨軀だ。そんな大きな身体へ強烈な一撃が叩き込まれる。よろめく程の衝撃を受けた地竜は何が起きたのか理解が出来ないと言わんばかりに蹈鞴を踏んでから傾いて倒れていく。

地響きが周囲に広がり、大地が揺れる。ようやく痛覚を認識したように恐ろしげな咆哮が響き渡った。簡単に潰せそうな程に小さな生き物が自分を殴り飛ばすなど、夢にも思っていなかったのだろう。

それを屈辱と受け取ったのか、或いは脅威だと断定したのか地竜は先ほどまでの緩慢さが嘘のように勢いよく身体を起こす。しかし、もう手遅れだ。

「アンジェ、足場！」

エミーの叫びにアンジェが素早く結界を展開して、落下してくるエミーの足下に足場を作る。空中で足場を確保したエミーが構えを取った。

膝を曲げて力を溜めて、起き上がったばかりの地竜目掛けて勢いよく跳躍する。

エミーの接近に気付き、地竜が勢いよく大地を踏みしめた。地面がひび割れ、そこから円錐状の土塊が無数に生えていく。

そのまま突っ込めば串刺しになること間違いなしだが、エミーの勢いは止まらない。

「この程度でェ！　止まる訳ないでしょうがァッ！」

エミーの両手に灯った光が輝きを増す。光の尾を引くように振るわれた拳が土塊へ叩き付けられた瞬間、ボロボロと土塊が崩れていく。

エミーの《浄化》だ。浄化の光が魔法を打ち消し、元の状態へ回帰させたのだ。

「――このまま、寝てろッ‼」

　エミーは妨害を退け、勢いの付いた踵(かかと)落としを地竜(アースドラゴン)の眉間にぶち込んだ。

　何かが破砕される音が響いた。項垂(うなだ)れるように地竜(アースドラゴン)が首を下げ、ゆっくり崩れ落ちていく。その末路に興味などないかのように、エミーはただ前を見据えていた。

「進路、確保！　進むわよ！」

　エミーが先導して、それに続くように私たちも森の中を駆け抜けていく。

　地竜(アースドラゴン)が倒れた余波は周辺のドラゴンたちを刺激したようで騒ぎになっている。それにエミーが舌打ちを零(こぼ)した。

「チッ、不味(まず)いわね。思った以上に混乱が大きいわ。このままだと道が塞がれそう」

「エミー、私が前に出ます。この状況は一点突破向きの貴方(あなた)では分が悪いです」

「アンジェ、わかったわ！　ここをさっさと抜けるわよ！　トルテ、索敵を代わって！」

「了解！　その代わり《祝福(ブレス)》は効果が落ちるよ！」

「トルテは方角だけ指示してくだされば結構です。ここは一直線に突き抜けます」

「それじゃ、行くわよッ！」

　エミーの支援に徹していたアンジェが前に出て、隊列を組み直す。進んだ先では無数のドラゴンたちが揉(も)み合(あ)っているのが見えた。

種類は様々で、先ほど倒した地竜よりも強い相手はいないが、それでも油断は出来ない相手ばかりだ。入り乱れるような混乱の中で一部のドラゴンがこちらの存在に気付いた。最初に飛び出してきたのは亀のような甲羅に無数の棘を生やしたドラゴンだ。

「亀刃竜ですか。エミー、あれは私がやります」

「殴っても効果が薄そうなのは任せるわ！　アンタの馬鹿力を見せてやりなさい！」

「馬鹿力はそちらでしょうが。私のは洗練された技術だと何度言えばわかるんですか」

亀刃竜はその名の通り亀のような姿をしている。しかし、見た目に反して俊敏で、主な攻撃方法は甲羅から突き出した棘で相手を串刺しにしながら圧死させる。

アンジェはまず一歩前に出た。彼女に狙いを定めた亀刃竜が勢いよく突進してくる。このままぶつかると思った瞬間、アンジェの姿がブレる。

同時に亀刃竜が宙を舞った。ドラゴンの前足は綺麗に切断されており、何が起きたのか理解出来ていないようだ。

そこにアンジェが追撃を仕掛ける。ドラゴンは咄嗟に首を引っ込めようとするが、それは間に合わなかったようだ。ずるりと音を立てるかのように首が落ちて、首を追いかけるように身体も地面に落下した。

「大分、出来るようになりましたね」

僅かに微笑を浮かべて、アンジェがそのような呟きを零しているのが聞こえた。自分の成長を実感しているのだろう。

本当に強くなった。先ほど自分よりも巨大な地竜を蹴り飛ばしたエミーも、教えた技術を取り入れて着実に腕前を上げているアンジェも誇らしい限りだ。

そのまま二人は道を切り開くように向かってくるモンスターの群れを殴り飛ばし、切り捨てながら進んでいく。そんな二人の背中を目を細めて見つめていると、トルテが叱りつけるように声を飛ばした。

「先生！　ぼうっとしてないで進みますよ！」

「別に呆けてなどいませんよ、トルテ」

トルテはこちらに気をかけながらも、決してエミーとアンジェから目を逸らさない。油断することなく周囲の状況を把握し、索敵を怠らない。前を行く二人は頭に血が上りやすくて、状況確認が甘くなる。

それを冷静にカバーしているのがトルテだ。さりげなく索敵を続けながら、二人が危うくなりそうな相手に牽制の《結界》を展開して妨害などをしている。

「エミー！　アンジェ！　あまりモンスターに構い過ぎないで！　相手にするのは最低限にしないとこっちが消耗する！」

「わかってるわよ！　トルテ、アンタもうちょっと速度上げられないの⁉」

「囲まれる前に突破するべきです！　もう少し頑張ってください！」

「あぁ、もう！　もう少し周りに目を配って！　あ、こらー！　注意してるんだから速度を上げるなー！」

三人はぎゃあぎゃあと言い合いながらも、時にモンスターを足場にしながら先に進んでいく。ここは既に死地だと言っても過言ではない。それなのにこの調子だ。どうしたって笑ってしまう。

やはりこの三人の組み合わせは噛み合っているのだろう。今のところ、期待以上の成果を叩き出している。彼女たちがあっさり倒しているモンスターも一般的な騎士たちの練度では相手にならない程に強いのだ。

だからこそ彼女たちがどれだけ強くなったのかもわかるというもの。この結果を嬉しく思っていると、つい頬が緩む。私の手が必要になるのはまだ先になりそうだ。

任せることが出来る相手がいるのだと、その実感が増していく度に過去の記憶が蘇ってくる。かつての私にも、こうして隣に並んで共に戦う仲間がいたのだ。

もう私には取り戻すことの出来ない、失ってから何よりも大事なものだったと気付いた絆という名前の宝物。

「……この子たちには、誰も失って欲しくないですね」

だから、強くなって欲しいと願う。

この先、何も失わない程に強く。大事な局面で怯え、迷わないように。

守りたいと思ったもの全て、その手から取り零すことなどないように。

三人の背中を見守りながら、私は切にそう祈るのだった。

＊＊＊

「お待たせしました、三人とも。食事が出来ましたよ」

「待ってたわ！　もうお腹がペコペコ！」

「ありがとうございます、先生」

空が夕暮れに染まり、日がだんだん落ちていく。夜になって移動が困難になる前に野営の準備を整えた私たちは食事を取っていた。

戦闘や探索、それから野営の準備は三人に任せたので私は食事を担当した。

といっても食事の内容は干し肉や乾パン、簡易的なスープのみで普段に比べれば質素なものだ。それでも一日中走り回っていた彼女たちにはご馳走も同然だった。奪い合うようにスープを飲み干し、満足げにお腹を撫でている。

「はぁ……やっぱりダンジョンって一筋縄じゃいかないのね」

「まだまだ初日ですよ、エミー」

「わかってるわよ！　ただ感想を呟いただけじゃない！」

「だからこそですよ。ここはまだドラドット大霊峰の中でも浅い階層です。そこで弱音を吐いていれば最奥まで辿り着くなんて夢のまた夢ですよ」

「わかってるって言ってるじゃない！　簡単なことじゃないのはアンタだってわかってるでしょ？　実際に体験すると私たち以外だったら真似出来そうにないって思っただけよ」

「……そうですね。こうしてモンスターを気にせず休息を取れているのも、結界を展開することが出来る私たちだからこそと言えばその通りですし」

「私たちみたいな酔狂な聖女が出てくれば話は変わるかもしれないけれどね」

「そんな人がぽいぽい出てきたら、私は逆に怖いよ……」

ぽつりとトルテが呟くと、それもそうだと言わんばかりにエミーとアンジェが頷く。

そんな三人の姿を何気なしに眺めてしまう。道中、過去に浸ってしまったのが良くなかったのかもしれない。気が緩んでいると言われても否定出来ない。

そんなことを考えていると、トルテが私へと視線を向けてきた。

「……先生はずっと、こんな戦いを一人でしてきたんですね」

「唐突にどうしたんですか、トルテ」

「だって気軽にダンジョンに行って帰ってくるから、こんなに大変だと思ってなかったんですよ」

「前提条件が違います。今回の目標はドラドット大霊峰の最奥ですが、私が挑んでいたのは浅い階層にある末端のダンジョンだったので、ここまで大変じゃありませんでした」

「戦うだけならでしょ？　移動や休息のことまで含めるならどこだって大変でしょう」

トルテと話していると、エミーまで会話に交ざってきた。エミーと言い合っていたアンジェまで同意するように何度も頷いている。

「ダンジョンの攻略は単純に体力や武力があれば為し得るものではないと改めて思い知らされました。同時に先生のデタラメさもですが」

「まぁ、そうですね。私も何度も死にかけましたし」

「先生が死にかけた……⁉」

「あぁ、トルテと出会う前の話ですよ？　トルテと出会ったのが教会に辺境へと追いやられた後の話ですから。その時にはある程度安定してダンジョンを踏破出来るだけの実力を身につけていました」

「先生は今の方法を身につけるまではどうやってダンジョンの攻略を？」

アンジェが神妙な表情を浮かべながら問いかけてきた。私は手元に視線を落としながら、過去の記憶を掘り起こす。

「冒険者を雇っていましたよ。ただ毎回うまくいっていた訳ではありません。中には騙し討ちしようとしてきた悪党もいましたから」

「それは……ダンジョン内で先生を殺そうとしたってことですか？」

「いえ、私を捕らえて利用したかったんでしょう。私は教会の意向に従ってませんでしたので、聖女であっても教会の保護下にあるとは言えませんでした。丁度、聖女が地方から引き上げられていた時期ですので、心に魔が差しても仕方ありません」

私を捕らえて言うことを聞かせられるのなら、モンスターの被害から逃れることだって出来るし、豊穣だって約束される。

聖女が地方から引き上げられる中、私を狙うなと言う方が無理だ。誰だって自分の身が可愛い。将来への不安から道を誤ってしまう人も出てくるだろう。

「そんなことが続けば冒険者を雇えなくなって、一人でダンジョンに潜るようになりました。何度も死にかけましたよ。ダンジョンではモンスターばかりが敵じゃありませんでしたから。その時はモーリルさんとも出会っていなかったので、便利なアーティファクトを持っていた訳でもないですし」

「本当に身一つだったんだ……」

　エミーがぽつりと、聞き取れるギリギリの声で呟いた。それに私は頷いてみせる。

「教会は私に死んでくれた方が都合が良かったんでしょうけれどね。まぁ、死ぬつもりはありませんし、結果的に今がありますから悪いことばかりだとは思っていません」

「先生は前向き過ぎるでしょ……」

「前に進む理由がありますから。聖女として生まれたなら自分の理想を体現したい。それが私の何よりの生きる理由なんです」

　誰よりも素晴らしい聖女になると、誰よりも素敵だったあの子に言われたのだから。

　だから私は自分の望みを果たすまでは絶対に死ぬつもりはない。生きて、生き抜いて、これ以上進めないというところまで進んで、余すことなく自分の全てで挑みきる。

　自分の命の使い道はとっくの昔に決めてしまっている。だから躊躇(ためら)う必要なんてない。理想の聖女になるためにこの道を進む。それが私の全てだから。

「……絶対に追いついてやるから」

「はい？　何か言いましたか、エミー？」

「追いついてやるって言ってんのよ！　じゃないと、先生はどこまでも一人で突き進んじゃいそうだし！」

「それはそうですね……それは色々と心配なので、やはり放っておけませんね」

「先生を一人にしておくと被害が増えそうだからね！」

「確かに」

「それもありますね」

「三人とも、一度私の扱いを見直すつもりはありませんか？」

「ないわ」

「ないですね」

「ないでーす」

おやおや、これは後で時間を取って話し合う必要があるようだ。

でも、それはちゃんと生きて帰ってから。まずはダンジョンを攻略することに集中しよう。そうしてダンジョンの中とは思えない程、穏やかな時間は過ぎていくのだった。

＊＊＊

ダンジョン内では、可能な限り戦闘を避ける。

何故(なぜ)それを徹底しなければならないのか、三人は初日でより理解を深めたらしい。いつしか私が教える前にダンジョンでの移動方法を洗練させていった。

モンスターを見かければ足場として使い、移動が困難な地形は結界で足場を作って踏み倒す。足を止めることなくひたすら前へと進んでいく。

どうしても回避することが出来ない戦闘は、相性を見てからエミーとアンジェのどちらが前に出るのかを判断して、最小限の消耗に抑える。

基本的には索敵を担当しているエミーが初手の必殺で仕留めるか、意識を刈り取る。

打撃が通じにくい相手が出た時は、エミーが《浄化(ピュアリファイ)》で魔力を純化させてアンジェの結界の効力を上げやすい状態を作って迎撃する。

その二人を支えているのがトルテの祝福だ。更にトルテは一歩後ろに下がって状況を把握して、常に判断し続けている。これが基本的な彼女たちの動きだ。ダンジョンを進むごとに最適化され、洗練されていく。その成長は見ていて気持ちが良(い)い。

しかし、ここは踏破不可能とされてきた禁域のダンジョン。彼女たちの成長速度が速いといっても一朝一夕という訳にはいかない。

最初は明るかった彼女たちの表情には陰りが見えてきて、会話が少なくなっていく。

「……今、どの辺りまで来たと思う？」

「……さぁ、わかりません。日数はどれほど経(た)ちましたっけ？」

「……三日、四日？　まだ五日は経ってないと思う」

「成る程……これが禁域のダンジョンに潜るってことなのね。前人未踏という言葉の重さを実感するわ」

休憩のため、私が張った結界の中で座り込んだ三人がぼそぼそと話し合っている。その内容はこれまでの道の振り返りだ。

これが肥大化したダンジョンの攻略が難しい要因だ。定期的に浄化することが出来ていれば内部構造の複雑化は避けることが出来るけど、ドラドット大霊峰は〝世界の歪み〟を溜め込みすぎている。

私でも、内部の構造は把握しきれていない。つまり、いつゴールに辿り着くかわからないという訳だ。事前に説明していたとはいえ、実際に体験するのとでは話が違う。

辿り着く場所がはっきりとしないのは精神を疲弊させるのには十分過ぎる程、過酷だ。

「……兄の判断は、本当に正しかったのでしょうか？」

ふと、アンジェが力なく呟きを零した。ダンジョンの厄介さを認識してしまったからこその疑問だろう。

聖国は国の中枢を守るため、本来辺境を守る筈だった聖女や騎士たちを集結させている。それを主導しているのはアンジェの兄であり、国王代理である王太子だ。ダンジョンを放置することが何を招くのか見てしまえば、どうしても考えてしまうことだろう。

「アンジェ。それが間違いだったのか知りたいのなら生き抜くのです。行く末を見届ける以外、答えを知る方法はありません」

「……そうですね。今の呟きは聞かなかったことにしてください」

「わかりました。それで、ここからどうするのですか？」

進むのか、退くのか。生きて帰ることが出来るのか、自分たちの実力を見誤っていないかどうか。彼女たちは判断しなければならない。

これからもダンジョンに挑み続けるのであれば、ここでの判断は重要だ。生き残ることが出来なければ次はないのだから。

かといって慎重になりすぎても成果は得られない。彼女たちがどう判断するのか見守っていると、口を開いたのはトルテだった。

「エミー、最奥まであとどのくらいだと思う？」

「私の感覚的にはあと半分かな。引き返すなら今だとも思う。安全を取るならだけど」

「アンジェは引き返すべきだと思う？」

「それは、私たちが達成する目的を再確認してから考慮すべきだと思います。私たちの最終目的はダンジョン・コアに到達し、ダンジョンの守護者を討伐すること」

トルテは二人の話を聞いた後、目を閉じて考え込み始めた。

「……二人とも、余力は？」

「まだまだ行けるわ。まだ進んでも引き返せるだけの余力は残せる」

「私もですね」

「アンジェ、さっきまで疲れ切った顔してたでしょうが」

「同じ言葉をそのまま返しますが？　やせ我慢なんかしてないですよね？」

軽口を叩き合いながら余裕だと言ってみせるエミーとアンジェ。その間もトルテは目を閉じながら考え込んでいる。

それからトルテはゆっくりと目を開けた。

「私の判断は、ここが引き際だと思う」

「……安全策を取るってこと？」

「死んだら元も子もないからね。次善策として、余力が残っている間に戻りながらモンスターの間引きをする。それならここで引くのがベストだと思う」

トルテの答えにエミーは眉を寄せながらも何も言わなかった。最終目的の達成を諦めて次善策に移すなら、このタイミングがベストだと判断するのは良い判断だと思う。

「ここから先は敵がもっと強くなるのは間違いないよ。それを確認出来ただけでも、この攻略は成果があったと言っていいと思う」

「同意します。ここまでのモンスターであれば問題はありませんが、この先の気配はそれよりも強い気配を感じますから」

「怖じ気づいたようで気は引けるけど……優先する目的を考えれば正しいと思う」

「うん。でも、その前に先生に確認しておきたいことがあります」

「何ですか？　トルテ」

「私たちはここに辿り着くまで先生の手をほとんど借りていません。勿論、先生も私たちが何かミスを犯しても庇えるように備えていてくれたのは理解しています。その上で、先生はほぼ力を温存しているのではないかと思います」

「そうですね。貴方たちが優秀だったので、私は随分と楽をさせて貰いました」

「それなら、このまま先生の力を温存しながら進むことが出来れば、ドラドット大霊峰を攻略することが出来ますよね？」

その問いに、私は口元が緩むのをどうしても隠せなかった。

先生として振る舞っている時は、出来るだけ感情が表に出ないようにしていたのに。

「私たちの目標はドラドット大霊峰の攻略で、私たちだけでそれを成し遂げる必要はありません。重要なのはどう目的を達成するかです」

「まぁ、私たちはまだまだ未熟者よね。先生みたいにトンデモじゃないし」

「だから、今は先生の力を借りるべきだと思います。これが私の答えです」

「──素晴らしい解答でした。皆さん、満点です」

私には、どうしても一人では出来ないことがあった。それは何かあった時の保険をかけること。

もしも私が倒れてしまったら、私の結界で守られている村はどうすればいいのか。誰もドラドット大霊峰を監視することがなくなったら、いつかドラゴンが溢れ出してしまうのではないか。

後先を考えなければ、ダンジョン攻略に挑むことはもっと前から出来た。それでも無責任になれなかったのは……トルテがいたから。

この子を拾った時、私は自分の後を継がせることを考えた。実際にそうなるのかはともかく、トルテを育てるようになってから周りのことを考えられるようになった。

そして、そこにエミーとアンジェが加わった。最初は懸念がなかった訳ではないけれど、蓋を開けてみれば本当に出会えて良かった。

彼女たちがいるからこそ、私は先生でいられた。その責任を果たそうと思えた。

そして、強く育った彼女たちは私に恩を返そうとするかの如く力になってくれている。

それがどうしようもなく嬉しい。

　今、世界で一番幸せな人間は間違いなく私だろう。きっとそうだ。こんな立派な教え子たちに恵まれて、これが幸せじゃなければ嘘に決まっている。

「私が考えていた最良の攻略方法です。貴方たちがどれだけ自分たちの力だけでやれるのかを見るのも大事でしたが、その判断が出来ることも大事なことでした」

「先生は力を温存出来てるし、私たちは実地での修行も出来てるってことよね？」

「修行……と言ってしまうと、少し緊張感がなくなってしまいそうになりますね」

「でも、気は抜けないよ。そんなことしたら先生に怒られちゃうでしょ」

「勿論。そんな油断をするような教え子には再教育です」

「ほら！」

「まぁ、私たちだけでダンジョンが攻略出来るようになるのは今後の課題ということで」

「そうですね。エミーが言うように、先生の手を借りなくてもいいように力を付けることが最初の目標でしょう」

「その時が楽しみですね」

　もしも、その時が来たら私は目眩を起こしてしまいそうに喜びを感じるだろう。願ってもいいなら、貴方たちに是非とも目指して欲しいと思う。

「先生。私たちが絶対、先生を万全な状態で確実に最奥まで連れていきますから」

トルテがそう言うと、エミーは不敵で挑戦的な笑みを浮かべた。

釣られるようにアンジェは研ぎ澄ませたように鋭い表情になる。

そして、トルテは祈るように目を閉じて、握った手を胸に当てた。

「辿り着いてみせてください。先生の望みを叶えるためにも」

それは、彼女たちの誓い。それはきっと、私が抱えている誓いと同じ程度には重いものだろう。だからこそ、心が軽くなる。こんな心地になるのも本当に久しぶりだ。

いつだって限界ギリギリまで自分を苛め抜いて、血反吐を吐きながら進んでいた。

約束を果たしたいという思いしかなかった。どれだけ苦しくても、折れるようなことはないと歯を食いしばり続けた。

今だって約束はこの心を縛り付けているし、背負うものだって増えた。

それでも、こんなに力が湧き出してくるのは後ろに付いてきてくれる彼女たちがいるからなんだろう。

理想とした聖女でありたい。たとえ、その理想が周りから否定されるものであっても。

そう思っていたけれど、人から認められるということが思っていたよりも私に力をくれている。

……あぁ、ジェシカ。私は今もちゃんと笑っていられるよ。

苦しい思いをしてばかりじゃない。どんなに苦しくなっても貴方に迎えに行くと誓ったけれど、もっと胸を張っていられそうだ。

この弾むような思いを、貴方に伝えたくて仕方ないよ。

「ええ、私の望みを見届けてください」

＊＊＊

次の日、私たちは前日とそう変わらない速度でドラドット大霊峰を突き進んだ。

道中は相変わらず私は補助程度で、三人の力によってダンジョンが踏破されていく。

敵も奥に行くに連れて強くなっているが、それが逆に仇（あだ）となってエミーに捕捉され、回避するためのルートを導き出されていく。

移動に困った際にはアンジェが結界で道を作り出し、トルテが二人から齎（もたら）される情報を適切に捌（さば）いていく。

実に順調。慎重さと大胆さを兼ね備えた進行が続いていたけれど、そんな中でエミーが不意に足を止めた。

「ちょっと待って、なにこれ……」

「エミー、どうしたの？」

「何かありましたか？」

「なんか、変な気配があるんだけど……もしかして、これって……」

やや困惑した様子でエミーが零す。アンジェとトルテもそんな彼女の反応が気になるのか眉を寄せている。

そうして進んでいくと見えてきたのは、明らかに超自然的な巨大な建造物だ。

切り出した石材を積み上げるように築かれた建物は威容を放っており、どことなく荘厳な気配を漂わせている。今まで自然に満ち溢れていたというのに、ここだけが異様だ。

「素晴らしい、無事にここまで辿り着けましたね」

「先生？　あれは一体……」

「魔国で似たようなものを見たことがあるわ。古い神殿っていうか、祭壇っていうか……何でここにもあるのよ？」

「エミー。それは、ここが古くから存在するダンジョンだからでしょうね」

「先生！　それは、どういうことですか？」

「私もモーリルさんに教えて貰ったのですが、この遺跡は〝世界の歪み〟を集めるために神々が作ったのではないかと言われています」

「〝世界の歪み〟を集める……？」

「ええ。まぁ、ちゃんと稼働していればという前提ではありますが。魔国でも同じような遺跡があるとはモーリルさんも言っていましたが、そちらは壊れていたとのことで」

「魔国にあるのはヴィーヴルの本拠地になってるわ。ここと見比べると、壊れてるってのは本当だと思うわ。雰囲気が似てるけれど、やっぱり違うし」

「でも、〝世界の歪み〟が集まるとダンジョンが出来ちゃうんですよね？　それなのに、何で遺跡があるんですか？」

「トルテ。今でこそダンジョンは条件が揃ってしまえばどこでも発生してしまうものですが、この遺跡はそれを防ぐためにあったのだと考えられます。つまり、決められた場所にダンジョンを発生させることで〝世界の歪み〟が拡散するのを防止していた筈です。昔、私が潜ったことのある〝神々の霊廟〟も同じような遺跡が入り口でしたから」

「成る程……でも、一体誰がそんなものを作り上げたのでしょうか……？」

「女神様が人のために残したのでは、とモーリルさんは言っていましたね」

このような遺跡を作り上げることは、今の人では不可能だとモーリルさんは言っていた。だから、女神様がダンジョンの場所を固定するためにこの遺跡を作ったというのなら納得出来る。

「……つまり、あれがドラドット大霊峰の最奥への入り口ってこと？」

「ええ、そうですよ。……さて、それではここからの話をしましょう」

「ここからの話？」

「無事、貴方たちは私を万全の状態で最奥の入り口まで連れてきてくれました。コアまであと一歩というところでしょう。問題は、その一歩が果てしなく遠くなってしまう点ですが……ここからは私がやります」

私が気合いを入れながら宣言すると、三人が何やらごくりと唾を飲み込みながらこちらを凝視してくる。

「うわ……なんか、怖い……」

「……これが先生の本気ですか」

「ただやる気になるだけで凄いです……」

「説明してもいいですか、三人とも？　とはいえ、やることは変わりありません。しかし、今度は私が先頭になります。ですので、皆を置いていってしまう可能性があります」

「……まぁ、それは癪に障るけどそうかもしれないわね」

「もしも、私に置いていかれた場合は入り口に戻るか、比較的安全な場所で留まって結界を展開しながら待っていてください。戦う必要はありません。必ず戻ってきますので耐えるだけでいいんです」

「……わざわざ念押しする程のことなの？」

「私が、全力で走るんですよ？」

敢えて〝私が〟の部分を強調するように言うと、訝しげな表情を浮かべていたエミーは一気に表情を引き締めた。

「それだけ足に自信があるってことね……面白いじゃない。絶対に先生の本気を拝んでやるんだから！」

「その調子です。では、心構えはいいですか？」

「ええ、大丈夫よ！」

「問題ありません」

「いつでも行けます！」

三人の返事を聞いてから一つ頷き、私は全身を解すように調子を確かめる。

それから何度も深呼吸を繰り返して集中力を高めていく。まずは魔力による身体強化、次に《祝福》による身体強化を重ねがけする。

ここまで本気を出すのは久しぶりで、少しだけ武者震いしてしまう。後のことを考えなければならない状況だと、どうしても自分で制限をかけてしまうから。

でも、今ならそんな制限は要らない。ただ真っ直ぐに突き進むだけでいい。

「さぁ、攻略を始めましょう」

三人にも言い聞かせるように呟いた後、私は地を蹴って遺跡の中へと飛び込んだ。

ぐんぐんと加速していく景色の中で、私はただ最奥の気配を頼りに進んでいく。

風が唸り声を上げるように鳴っている。向かい風は結界を展開して受け流して駆ける。ただひたすら目的地へと向かって深淵へと下りていく。

「あんのバカ！　本当にバカじゃないの⁉　見失わないので精一杯だっつーの！」

「トルテ、もっと速く走ってください！　本気で置いていかれますよ！」

「先生のアホーッ！　二人とも、《祝福》の効果を高めるよ！　というか、それ以外にやってる余裕がないよーッ！」

後ろから悲鳴のような声が聞こえてくるが、付いてきているようなので問題はない。

あらゆるものを置き去りにしながら駆けていく。いち早く私たちの存在を察知して道を塞ごうとするモンスターもいるけど、それはすり抜けるように回避していく。

おっと、何やら大型のドラゴンがいた。これは三人には避けるのは難しそうだ、倒しておこう。進路の邪魔になったドラゴンに向かって蹴りを放つと、軽く吹っ飛んでいった。

「ちょっと、私が蹴り飛ばした地竜よりもヤバい奴じゃないのよ……」

「これは、化け物ですね……！」

「私、これから先生を絶対に怒らせない……！」

何やら酷い感想が聞こえてきた気がするけれど、気のせいということにしておこう。

「この先は少し数が多いですね。壁走りをするので、死ぬ気で付いてきてくださいね」

「先生ィ！　道を！　走れ！　ちゃんとした道をォ！」

「私が進んだところが道です」

「あぁああ！　慣れたと思ったけど、やっぱり全然慣れないわ！　この理不尽が！」

エミーが抗議の声を上げるものの、足を止める訳にはいかないので無視。

それから一体どれだけ突き進んだろうか。夢中になりすぎて記憶が曖昧だ。

「ここですね。ここがコアのある場所に続く階段です」

「……はぁ、はぁ……これが……そうなの？」

三人が疲労困憊といった様子で荒く息を吐いている。

私たちの眼前にある巨大な階段。そこから漂ってくる気配は、このダンジョンから感じられるものとよく似ている。間違いなくこの先にコアがあり、守護者が待ち構えているのだろう。

「まずは皆さん、大丈夫ですか？」

「何度も死ぬかと思ったわ。ただ走ってただけなのに……」

「一歩踏み外せば軽く死ねるような場面が無数にありましたが……」

「……帰ったらもっと体力つけよ」

「皆、大丈夫そうですね。息が整ったら、奥へと向かおうと思います」

「何でこの人は息が乱れてないの……？　本当に化け物だったりする？　いや、化け物よね、先生。絶対に人族辞めてるわこの人」

「正真正銘、ただの人間ですよ。そこまで軽口が言えるなら大丈夫そうですね、先に進みましょう」

三人が元気なのを確認して、私は階段を下りていく。

正直、ここまで大きなダンジョンの攻略は初めてなので私にとっても未知の体験だ。

階段を一歩下るごとに首の裏がちりちりとして、背筋に寒気が這い寄ってくる。

奥底にいる気配の主も、私たちの存在を感じ取っているのだろう。まるで威圧しているかのように意識を向けてきているのを感じる。

たったそれだけなのに、三人の吐息が少し震えていることに気付いた。振り返ってみれば顔色が悪く、青ざめつつある。

この奥にいる相手は、自分たちでは絶対に敵わない。それを悟ってしまっているのだろう。少しでも恐怖心が勝れば逃げ出してしまうか、そのまま崩れ落ちてしまいそうだ。

私は彼女たちを包み込むように結界をそれぞれに張ってあげる。それに気付いた三人が私を見たので、微笑みかけながら頷いてみせる。

「大丈夫です」

貴方たちは死なせませんから。教えるべきことがあるため連れてきたのだから、その責任は最後まで果たすとも。

三人は何も言わず、少し力を取り戻した表情で頷いた。無言のまま階段を下りる音が反響して響いていく。

そして、階段を下りた先にあったのはどこまでも広い空間だった。

その空間の奥、天から吊り下がるように光り輝く何かがあった。美しい光を放つそれに目を奪われてしまいそうになるけれど、そこから感じる気配は禍々しい。見ようによっては小さな太陽のようにも見えるだろう。

「ありました。あれがドラドット大霊峰のダンジョン・コアです」

ダンジョン・コアから空間全体に向かって葉脈が伸びるように光が灯っていた。

その光が陰る。原因は、この空間で横たわっていた何かがゆっくりと起き上がったからだ。歪められた空間なのか、果てがあるのかもわからない中でもよくわかる大きさを誇る影は、光に照らされることで姿を露わにしていく。

影だと思ったのは、その身体が漆黒の体色だったから。

目は月を塡め込んだような金色であり、妖しげな光をぼんやりと放っている。

ドラゴンでありながら、その骨格は人のような形をしている。その大きさは私の八倍はあるのではないかと思う程に大きい。

ぎょろりと動いたその目が私たちを見据える。笑うように口が開き、凶悪さが剝き出しの牙を見せつける。噛まれただけで即死してしまいそうな程の威圧感。

背中の翼を大きく広げれば、まるで神話に語られる邪神の眷属である悪魔のようだ。

名前をつけるとするならば、悪魔竜だろうか？　それだけ禍々しく、邪悪で、それなのに神々しいとも思ってしまう。

間違いなく今まで出会ってきたドラゴンの中でも、いや全てのモンスターの中でも最強の相手だ。

「……ッ、先生……！」

トルテが声を震わせて私を呼ぶ。エミーは目が離せないというように悪魔竜に視線を奪われているし、アンジェも震えたまま立ち尽くすことしか出来ていない。

トルテは杖を支えにしながら私に視線を向けていた。その瞳には隠しきれない不安が渦巻いている。

「言った筈ですよ、トルテ。大丈夫です、と」

手を横に伸ばす。腕についていたリングが光を放つと一本の剣が私の手に握られた。

装飾など一切ない、最低限の柄をつけただけの無骨な剣だ。

ドウェインさんとモーリルさんには心から感謝しなければならない。この剣がなければ私でもこれを相手にするのは骨が折れていた筈だ。

確かに、今まで出会ってきた中で最強の存在なのだろう。一触れするだけでこちらの命を奪ってしまいそうな程だ。

だけど、それが臆する理由にはならない。この祈りの果ては私の死ではあり得ない。

それを証明するためには、またとない相手だ。この脅威を前にして万全のまま立つことが出来る。やはり、私は幸せ者以外の何者でもない。

「エミー」

魂が抜かれたように立ち尽くしていたエミーが、ハッとして私を見た。

「アンジェ」

震えて崩れ落ちそうなアンジェが、私の呼びかけに唇を噛みしめて力を取り戻す。

「トルテ」

トルテは胸元に両手を握りしめて、祈るような視線で私を見つめている。

「心から貴方たちに感謝を」

貴方たちのお陰で、この瞬間を迎えることが出来た。

何の憂いもなく、全力で心のままに力を振るえる。これ程の脅威を前にして怯える要素が一つとして存在しない。

もし奇跡があるのだとしたら、これは貴方たちが私に齎してくれた奇跡だと言いたい。

だから、これは返礼だ。私を信じてくれた貴方たちに、私が示せる未来の可能性。

「目を逸らさずに見届けてください。これが正真正銘、私の全力の本気です」

私が剣を構えると、悪魔竜の目が細められた。身体が握りつぶされたと錯覚してしまいそうな威圧感が向けられる。それを物ともせずに私は声を紡ぐ。

「――《浄化》」

私に纏わり付いていた威圧感が和らぎ、呼吸が楽になった。

私を中心に禍々しかった空気が裏返るかのように清浄なものへと変わっていく。

「――《結界》」

浄化によって清浄になった空気を逃さぬように結界で包み込み、手にした剣に纏わせるように集中させていく。

すると、空気に反応するように剣が淡く光を放った。

「――《祝福》」

剣を触媒として、私の渾身の祝福が捧げられる。

より強く、より清く、より眩く。此なるは世界の歪みを断つ破邪の誓い。

私の祈りが高まるにつれて、剣が放つ光がどんどんと輝きを増していく。

そんな中で不穏な音が響く。

私の持つ剣に亀裂が入っていくのがよく見えた。

――〝これでいい〟。私は満足げに息を吐き、最後の仕上げを施す。

聖女の力を増幅するために作られた聖剣。それに亀裂が入っていくのは、触媒が許容出来る力を超えたから。

ひたすら増幅していく力に剣は自壊を進めていき、限界を迎えた剣が砕け散った。

限界にまで聖女の力を高めた聖剣は砕けても尚、光を放つ鱗粉のように周囲を漂う。

その状態を浄化で維持し続けながら、結界で閉じ込めて形と成す。そうして私の手には光で象られた剣が握られた。

敢えて名を付けるのなら――〝聖霊剣〟。

極限まで力を高めた触媒たる聖剣を、再度結界によって剣の形にして再形成したもの。

これが私の出せる全力、貴重な聖剣を使い潰さなければ出すことが叶わない極地だ。

私が繰り出した《聖霊剣》を見て、睥睨していた悪魔竜が咆哮した。耳が潰れてしまいそうな悍ましい叫びを上げて、握りしめた拳を振り下ろす。

地面に打ち付けられた拳は、まるで世界を振るわせる程の衝撃を放った。

しかし、奴はすぐに気付くだろう。そこに既に私の姿はないということを。

「意外と遅い」

《聖霊剣》は増幅した聖女の力の塊そのものだ。これを使用している間、聖女の魔法の効果が桁違いに跳ね上がる。

故に、悪魔竜の攻撃は見てからでも回避することが出来る。

唯一の問題点は、この状態を保っていられる時間が短いということだ。保って三分ほど。その前に仕留められなければ私の敗北は避けられないだろう。

「まぁ、負ける気がしないけど」

本当に心の底からそう思えたのだ。

今なら神が相手であったとしても負けることはないだろう。それだけ清々しい気持ちで戦いに赴くことが出来る。楽しみだとすら言える余裕があった。

しかし、浮かれそうな気持ちを引き締める。のんびりしてはいられない。私を見守ってくれている三人に迂闊な姿を見せることは出来ないのだから。

悪魔竜は私を見つけると、その大きな口をぱくりと開いた。そこに闇が凝縮するかのように集まっていく。力の高まりが放電のように弾け、私を呑み込まんと放たれる。

純粋な破壊するためだけのエネルギーの塊のブレス。でも、恐れることはない。

剣を掲げるように構え、円錐状に展開した結界がブレスを真っ二つに引き裂いた。そのままブレスに向かっていくように跳躍し、一気に悪魔竜との距離を詰める。

私の接近に気付いた悪魔竜が巨体を活かしたタックルを放つ。その一撃を受け流すように結界で柔らかく受け止め、衝撃を殺しながら悪魔竜の身体に張り付く。肩を伝うように腕へと向かって下りていきながら聖剣を振り抜く。

根元から悪魔竜の腕が断ち切れ、遠くへと飛んでいく。鈍い音を立てて腕が地に落ちると、絶叫が響き渡った。

しかし、次の瞬間にはボコボコと音を立てながら盛り上がった肉が腕の形へと戻っていく。さすが、ダンジョンの守護者だ。この程度の攻撃では瞬時に再生されてしまう。

「これだとじり貧ね。それなら、次は足を落とす」

再生した腕を叩き付けようとしたのをすり抜けるように回避して足下へ。そのまま滑り込みながら悪魔竜の片足を斬り飛ばす。バランスを崩して倒れそうになる最中、再び身体に飛び移って駆け上がる。

「平伏(ひれふ)せ」

痛みに悶(もだ)えて暴れ回る悪魔竜(イービルドラゴン)の頭部まで登り、全力で強化した拳を眉間に叩き込む。

脳震盪(のうしんとう)を起こしたように揺れた瞬間、地面に向かって飛び降り、そこからもう一度勢いをつけて跳び蹴りを叩き込んで吹き飛ばす。

身体の再生は始まっているけれど、すぐには起き上がってこない。それを確認してから私は呼吸を整える。

ダンジョン・コアによって守護者にされたモンスターは、生き物であると同時にダンジョンを守るための現象にも近い存在となっている。

だからこそダンジョン・コアに世界の歪みが溜(た)められている場合は、歪みを補充するだけで復活することが出来る。この場合、守護者を倒す方法は二つとなる。

まず一つは、ダンジョン・コアを先に浄化してしまう方法だ。

これは従来の方法で守護者を騎士たちが総出で押さえ込んでいる間に聖女がコアを浄化するまで耐える。

もう一つは――〝コアによる再生が間に合わない強烈な一撃〟を叩き込むこと。

《聖霊剣(セイバー)》を保っていられるのも残り一分を切っている。どの道、時間を過ぎてしまえばアレを倒すのが難しくなる。それなら、もう終わらせてしまおうか。

「――母なる女神よ、この歪んだ生命を憐(あわ)れみ給(たま)え」

祈りを唱えながら、悪魔竜(イービルドラゴン)へと向かって駆け出す。

「――慈愛深き腕に抱き、この者に救いを齎し給え」

剣の形を保っていた光が解け、手を包み込むように一点に集中していく。

「――私は神の子にして僕(しもべ)、その意を担(にな)う代行者なり」

漆黒の悪魔竜(イービルドラゴン)は私の接近を嫌うように暴れ狂い、遠ざけようとする。

「――祈り叶えるのならば、救済がための力をここに」

嵐のような攻撃を掻(か)い潜(くぐ)り、身体を伝って駆け上がっていく。

振り落とそうと激しく動かれるも、それをものともせずに頭部まで辿(たど)り着(つ)く。

光を纏った拳を握りしめる。確実に決めるという思いと共に、拳が悪魔竜(イービルドラゴン)の頭部へと叩き込まれた。

次の瞬間、拳から光が伝播(でんぱ)していって悪魔竜(イービルドラゴン)の身体を包み込んでいく。抗(あらが)うように手足を振り回そうとするも、徐々にその身体が小さくなっていく。

咆哮が響き渡る。その咆哮には怒りが満ちていた。しかし、その咆哮すらも掻き消していくかのように光は輝きを増す。

やがて、光の全てが悪魔竜(イービルドラゴン)を包み込んでいくと萎(しぼ)むように小さな玉になっていく。

――〝《原初への浄罪》〟

祝福によって極限にまで高めた浄化の力。これによって世界の歪みを消し去り、結界を凝縮させながら圧縮する。これを繰り返すことで対象を原初まで還す技だ。

世界の歪みに侵された者に対しての特攻技であり、世界の歪みの影響を特に受けている守護者であれば必殺とさえ言える。

聖剣という触媒によって高めた力でなければ放つことの出来ない私の切り札。

私は掌に収まる大きさになった光の玉に両手を伸ばし、胸の前で包み込む。

「――どうか、安らかに眠り給え」

祈りの言葉と共に光がゆっくり消えていく。その静かな結末が戦いの決着を告げた。

「ッ、先生――ッ！」

三人を見ると、最初は唖然として固まっていた。まずトルテが脅威が去ったことを理解したのか歓声を上げて私の方へと駆け出した。

続いてエミーとアンジェも駆け出して、一斉に飛びついてくる三人を抱き留めながら、私の口元は自然と緩むのだった。

エンディング

「先生、やりましたね！　私、信じてました！」

ダンジョンの最奥（さいおう）で守護者との戦いを終えた後、トルテは私に抱きついたままだった。

その身体が少し震えていたことから、本当に怖かったのだということが伝わってくる。

それでも最後まで私を信じていたと言ってくれることがくすぐったく感じた。

「改めて差を見せつけられたって感じね……本当に遠い背中だわ」

「エミー」

「勘違いしないでよ？　絶対に諦める気はないから。いつか絶対に肩を並べてみせるわ。まぁ、その、あれよ？　追いかけるだけの価値がある背中ってことよ！」

照れ隠しをするようにそっぽを向きながらエミーがそう言う。

その態度が可愛（かわい）らしくて、つい頭を撫（な）でてしまいそうになる。きっと怒られるだろうから撫でないけれど。

「……先生」

「アンジェ」

「ようやく一歩ですね。……まずは、本当にお疲れ様です」

アンジェは心底安堵したように微笑み、優しく労いの言葉をかけてくれる。

その言葉で、私は目指している目的に近づいたのだと漸く実感した。

私の目標である〝神々の霊廟〟。それと同じく禁域に認定されているダンジョンを攻略することが出来たというのは大きな一歩だ。

まずはこの喜びを噛みしめたい。そう思うけれど、あまりゆっくりもしてられない。

「皆、まずは無事に目的を達成出来たことを喜びましょう。しかし、まだ安心してはダメですよ？　無事に戻るまでが攻略なんですから」

「わかってるわよ！」

「気を引き締めます」

「早く帰りましょう！　私、お風呂に入りたいです！」

「そうですね。では、折角ですからダンジョン・コアの浄化は三人でやってみてください。貴重な体験ですからね」

「私たちがやるの？　先生じゃなくてもいいの？」

「三人でやれば問題ないですよ。それで自分が何を成し遂げたのか実感してください」

守護者を直接倒したのは私だけれど、ここまで辿り着くのに彼女たちの力は欠かせなかった。だから実感して欲しいと思う。自分たちがどれほどのことを成し遂げたのかを。

それから三人は私の指示に従って、ダンジョン・コアを囲むように立っていた。

天井からぶら下がるように見えるダンジョン・コアは、そのように見えるだけで実際に触れることは出来ない。

「不思議ね……あそこにあるように思えるのに触れられないなんて」

「それこそ世界の歪(ゆが)みの中心点ですから。それでは、始めましょう。特殊な手順はありませんので、コアに向けて浄化してください」

三人が私の指示に従って、両手を掲げるようにダンジョン・コアへと向ける。

『〝我が意を此処(ここ)に具現せよ。世界の歪みよ、浄化されよ〟』

声が重なり、手から白い光が放たれる。妖しげな光を放っていたダンジョン・コアへと向かっていく光は禍々(まがまが)しい気配を和らげていく。

歪んでいた景色がゆっくりと正しく見えるように変化していく。それに呼応するようにダンジョン・コアの光に変化が現れた。

それはとても幻想的な光景だった。私も初めて見た時はその美しさに息を呑(の)んだ記憶を思い出す。

でも――恐らくはダンジョンの規模か、質の差なのだろう。美しさで言えばこのダンジョンの方が圧倒的に美しい。

これを最初の記憶として残すことになる三人に嫉妬しそうになる程だ。

彼女たちも浄化する手を止めずにいるけれど、この光景から目を離せられない。

やがてコアの浄化が終わったのか、天井にあったダンジョン・コアがゆっくりと下りてくる。それを私が受け取った瞬間、光がゆっくりと消えていく。

気付けば、さっきまでどこまでも広いと感じた空間はただの広間に変わっている。まるで夢を見ていたようだけれど、手にしたダンジョン・コアが現実だと教えてくれる。

「……美しいですね」

やはりダンジョンの質によって、ダンジョン・コアの美しさは変わるようだ。

エミーたちの武器についている宝玉もダンジョン・コアから作られたものではあるが、一目見ただけで質の違いがわかってしまう程、格の違いがある。

「本当に、ここがどれだけ凄いダンジョンだったのか示す証拠なのね」

「これがあれば先生の武器も作れるんでしょうか？」

「……それって、先生がもっと強くなるってことだよね？」

ぽつりとトルテが呟くと、三人が揃って動きを止めてそれぞれの顔を見合わせた。

「あの悪夢がもっと酷くなるってことか……」

「世界は……まだまだ広いということですね」

「深さもあるかもしれませんよ、底なしみたいな……」

「一体貴方たちは誰の感想を言い合ってるんですか？　それは先生の前で話せる内容だと思っていますか？」

それぞれ個人面談をしてもいいんだよ？　私にはじっくりと話し合う用意が出来てる。

「さて、コアの回収も出来たから帰りましょうか」

「帰り道、大丈夫かしら……」

「大丈夫です。完全に浄化したので、モンスターたちは慌てて他のダンジョンに逃げ込んでいるでしょうから」

「それもあるんですが、結構な距離を走ったなと思いまして……」

「それも修行です」

「修行かぁ……やだなぁ……」

すっかり気が抜けてしまったような会話を続けながら、私たちはダンジョンを出るために歩き出した。その道中、やはりモンスターは姿を見せない。

どこまでも静かな遺跡は、まるで眠ってしまったかのようだ。

「この遺跡って本当に女神が作ったのかしらね？」

「史料を調べれば情報が出てくるかもしれませんが……」

「機会を見て探さない？　どうにかして再現出来たりしたら便利だと思わない？」

「おや、意外にもエミーは興味があるんですね。それならモーリルさんから話を聞くといいですよ」

「何であんな偏屈婆(ばばあ)の相手をしなきゃならないのよ！」

「ご親族にそんなことを言ってはいけませんよ」

「親族だから言うのよ！」

　モンスターが出てこないからか、皆の緊張感が緩んできているようだ。

　遺跡から出たらまた警戒を強めないといけないけれど、ここまで疲れているだろうから少し大目に見ることにした。

　そうして雑談を交えながらも、私たちはようやく出口の目前まで辿り着いた。

「エミー、アンジェ、トルテ」

「何よ？」

「どうかしましたか？」

「何です？　先生」

「ここから出たら、きっと私が何を言いたかったのかわかりますよ」

「……？　どういうこと？」

「言葉にすると無粋ですので、お先にどうぞ」

私が微笑を浮かべながら言うと、三人とも怪訝そうな表情になりながらも外に出た。

丁度、日の出を迎える時間だったようで地平線の向こうから太陽が顔を出す。

朝日に照らされた世界は澄み切った空気と合わせて、とても美しい。

世界の歪みによって歪められた世界は、どこか悍ましさを感じていた。だからドラドット大霊峰に遠くからでも威圧感などを覚えていたのだ。

でも、その要因は浄化された。淀んでいた空気は澄み渡り、清浄な気配が満ち溢れている。風によって木々の香りが鼻をくすぐり、ふわりと去っていく。

あぁ、やはり世界は美しい。これが本来あるべきドラドット大霊峰の姿なんだろう。

確実に記憶に残る景色を見つめている三人の胸中には、どんな思いが溢れているんだろうか。そんなことを考えていると、ぽつりとエミーが口を開いた。

「……先生」

「エミー、何ですか？」

「——ありがとう、私たちをここまで連れてきてくれて」

珍しくエミーが柔らかくはにかむような笑みを浮かべてそう言った。

そんな彼女の誇らしげな笑顔に私は目を奪われてしまう。

「そうですね。先生と出会えなかったら見ることが出来なかった景色ですね」

「アンジェまで……」

「本当にありがとうございます。——貴方が私の先生で良かった」

遠くの景色に目を細めながらアンジェが言った。その目に僅かに涙が浮かんでいたのは見なかったことにしよう。

すると、いきなりトルテがエミーとアンジェの手を取った。嬉しくて堪らないといったトルテは大きく息を吸い込んで、よく通る声で叫んだ。

「やっほーっ‼」

トルテの声が反響して、遠くへ響いていく。突然の行動にエミーとアンジェは目を丸くしている。

「ほら、エミーとアンジェも叫ぼう！　こんな経験、きっと何度も味わえないよ！」

「もう……トルテは子供っぽい」

「そうですね。でも、トルテの言う通りです。ここは乗ってあげませんか？　エミー」

「やれやれ、仕方ないわね！」

『やっほーッ‼』

三人は肩を寄せ合って笑い合う。そして、互いに声を揃えるように叫んだ。

声は通り、どこまでも繰り返し響いていく。楽しそうな笑い声を聞きながら私はそっと目を伏せる。

（——ジェシカ。ここに貴方がいれば同じように私も一緒に叫んでいたでしょうか？）

答えは返ってくることはない。でも、ジェシカがいればきっと同じことをしただろう。

そこにはきっと、私以外にも〝あの子〟がいただろう。絶対に嫌だと渋って、ジェシカに無理矢理引き摺られていく姿が脳裏に浮かぶ。

つい思い出してしまうと、〝あの子〟のことが気になってしまった。

私に手紙を送り、エミーとアンジェを託した〝あの子〟。彼女は何か考えがあって二人を引き取らせた筈だ。

ジェシカとも仲が良かったからアンジェを見捨てられなかったという可能性も考えられるけれど、それだけじゃない気がする。

「ねぇ、貴方は何を考えているの？　——〝レイナ〟」

＊＊＊

――聖国王都。人々から光が満ち溢れると言われる街にも影というものは出来るもの。

そんな影に隠れるような秘密の一室。人目から逃れるように窓一つなく、光源となるものも蝋燭の明かりのみ。

その暗闇の中で言葉を交わす者たちがいた。

「――アンジェリーナ王女の件、思い切った手を打ったものだな、レイナ殿」

「……たまたま丁度良い人材が辺境にいたから利用したまでですよ。別に貴方が考えているような意図は一切ございませんので、あしからず」

「レイナは相変わらずティアに手厳しいんだわ。そういうところ変わらないんだわ」

秘密の密室で密談をする者たち。その一人である気難しげな女性――レイナ・トレイルは眉間に皺を寄せた。普段は聖女の装束に身を包んでいる彼女だが、ここでは正体を隠すような黒いローブを羽織っている。

「話を進めても？　旧交を温めるために集まった訳じゃないのですから」

「えー？　レイナ、堅物すぎんだわ。久しぶりにティアに会ったんだから、もっと反応があってもいいんだわ」

フードとヴェールで顔を隠している女性が、肩を竦めて戯けてみせる。

レイナはその女性を視線だけで刺し殺す勢いで睨み付けた。

「私がティアに会ったから何か反応しなきゃいけない義務でもあるの？　ないでしょう」

「昔は事あるごとにティアに噛みついて、裏では嫉妬と劣等感からべそべそ泣いてた奴の言葉とは思えないんだわ」

「うわ、物騒な殺し文句なんだわ！　ティアのこととなるとすぐに怒るんだわ！」

「──ねぇ？　それは今すぐ女神様の腕に抱かれたいってことかしら？」

「キャシー！」

レイナが怒声を上げるも、キャシーと呼ばれた顔を隠した女性は楽しげに笑うだけだ。

「仲良きことは美しいと言いますが、大声を出しては気付かれてしまいますぞ」

「……失礼しました、デリル卿。ふざけている場合ではありませんでした」

「爵位が取り上げられた老骨にその敬称は不要です。まぁ、この集いを悟られる訳にはいきませんからな。手短に済ませましょう」

レイナの一声に頷いてみせたのは初老の紳士だ。デリルと呼ばれた老紳士の身体は鍛えられていることが服越しにもわかる程である。

「まだまだ情報が足りてないよねぇ。早く決定的な証拠を摑みたいところなんだわ」

「キャシー、焦りは禁物ですよ。相手は長年、聖国を陰から脅かそうと息を潜めて暗躍していたのですから。迂闊に隙を見せればこちらが危うくなります」

「確かに決定的となる証拠はまだ摑めていない、状況証拠は揃いつつはあるがな。老獪な相手である以上、警戒しすぎるに越したことはない」

「貴方たちを失うのは痛手です。どうか無理はなさらないでください」

「うぇー、一番危険なところに踏み込んでいる人が何か言ってるんだわ」

キャシーが辟易とした表情で告げるも、それに対してレイナは肩を竦めた。

「貴方こそ、聖女の身でありながら教会を離れて裏の世界を渡り歩いているでしょ。それに危険な場所にいるという点に関しては……ティアに負けるわ」

「あぁー……そりゃ、ティアと比べたら負けるんだわ……」

「相変わらず凄まじい御仁であるようだな、君たちの期待の星は」

「……別にそこまで言っていませんが」

「レイナは素直じゃないんだわ。ちなみに私は尊敬しまくり。ティアがいなけりゃ今頃、私も〝神々の霊廟〟でくたばってるんだわ」

「……だからこそ、あの慟哭が忘れられない」

デリルが呟くと、三人の間に沈黙が満ちた。その重い沈黙を破ったのはレイナだった。

「……誰もがあの時、致し方ないと思ったと思います。ジェシカの死は避けられませんでした。彼女の遺言を果たすことが、王国を存続させることに繋がると思った」

「別に誰もが見捨てることが正しいと思ってた訳じゃないんだわ。でも、あれ以外に選びようがなかったんだわ……」

「だからこそ、最後までジェシカ殿の元へと向かおうとしていたティア殿の慟哭が忘れられないのだろうな……」

最後の最後まで、周りに押さえ付けられながら這ってでも助けに向かおうとした。

そして望みが絶たれたと理解して慟哭するティアの姿をこの三人は共有している。

――特に、ティアが意識を失うまで押さえ付けていたレイナは鮮明に覚えていた。

「――私は、あの日に誓いました。あの日の裏で暗躍していた者たちを追い詰めて、絶対にその罪を暴いてやると」

――それが、ティアとジェシカと共にいた自分の果たさなければならない贖罪だから。

それはティアにも伝えないと決めた決意。それでも、レイナの思いを察している二人は静かに息を吐いて、心配そうにレイナの姿を見つめる。

「こっちもこっちで危ういんだわ。気が休まる地位でもないし、困ったもんだわ」

「表向き、我々は立場を失っているから助けてやれんしの……」

「ティアと再会することで頑なな態度が少しでも崩れてくれれば、と思ってたんだけど、そう簡単にはいかないんだわ……」

「今は様子見じゃな。何にせよ、忍耐の時よ」

「それ、私が嫌いな言葉なんだわ……」

「さっきから何をこそこそと話しているのですか？」

レイナが眉を寄せながら問うと、キャシーとデリルは弾かれたように距離を取った。

「いや、なに。レイナ殿が張り詰めすぎてるように思えてと相談されていただけだ」

「あっ、何でバラすんだわ⁉ デリル爺さん、酷いんだわ！」

「……はぁ、私は心配されるようなことはありません。貴方たちこそ、自分たちの行動が危ない橋を渡っているということを自覚してください」

「もちろんだ。一番危険な位置で動いているレイナ殿に申し訳が立たないからな。しかし、レイナ殿のお陰でここまで情報を集められたことは確かだ。やはり手がかりは中央にあると見ていいだろうな」

デリルの言葉にレイナは静かに頷いた。

彼等は先程まで見ていた資料を手に取って火をつけた。その内容を残してはいけない。覚えたのであれば消し去っておかなければならない。

「この状況を覆すためには、アンジェリーナ王女はどうしても守り抜かなければなりません。辺境に追放するように見せかけて、ティアに預けられました。これで我々も踏み込んだ調査が出来るでしょう」

「皇女も一緒に送ることが出来たのは大きかったな、これで目眩ましにもなる。後はこれでティア殿が何か騒ぎを起こしてくれれば言うことはないのだが」

「ティアが騒ぎを起こしてくれれば、私たちはそれを隠れ蓑に出来るんだわ。ちょっとだけ期待したいんだわ」

「……騒ぎなんて必要ありません、アンジェリーナ王女の安全が最優先です。ティアの無謀に巻き込むなんて、本当は避けたいところです」

「素直じゃないんだわ。レイナだってわかってるでしょう？　王女様が自衛の力を得るためにもティアに預けた方がいいって」

「……苦渋の決断です。望んでの決断ではありません」

「本当に嘘つきなんだわー。腹黒い世界に身を置きすぎて純粋さが失われてるんだわー」

「はっはっは、戯れもほどほどにな」

「だって、ふざけてないとやってらんないんだわ。どう考えても状況が悪いことばかりなんだわ。毎回、綱渡りばっかりで気が滅入るんだわ……」

「――それでも、諦める訳にはいきません」

レイナは気炎を吐くように呟いた。その瞳はどこまでも鋭く、ここにはいない仇を睨み付けているかのようだった。

「四年前、私たちは多くの仲間を失いました。あの事件の裏で糸を引いていた〝何者〟かが〝王家〟に食い込んでいるのも間違いありません。これ以上、好き勝手をさせる訳にはいきません。この国を守るためにも、喪った者たちに報いるためにも……」

四年前のあの日から、聖国は大きく変わってしまった。

そして、暗躍していた者たちが望んだように世界は歩みを進めている。

大切な友の命を奪い、また別の友人には悲壮な決意をさせた悪意の存在。

決死の捜査で知ることが出来た彼等の狙い。それは、絶対に阻止しなければならない。

「――奴等は意図的に各地のダンジョンの〝世界の歪み〟を蓄積させようとしています」

――それは、世界を壊そうとする野望に他ならないのだから。

✦ ✦ ✦

現在の聖女筆頭で、とても偉い。
目つきが悪く、態度も厳しいのでとても怖い。
さらに仕事もバリバリできる。
聖女候補時代から
新米聖女時代にかけては、
ジェシカやティアが起こした
事件の後始末を怒りながらもしていた。
とても苦労人。

The saint teacher's
witchcraft
is progressive!

あとがき

この度は『聖女先生の魔法は進んでる！1　落ちこぼれの教室』を手に取って頂きましてありがとうございます。作者の鴉（からす）ぴえろです。

本作は楽しんで頂けたでしょうか？　毎回、最初の巻を出すというのは緊張と不安がいっぱいでドキドキしております。

皆さんの感想が気になりつつ、作者なりに本作に対しての思いなどを綴（つづ）りたいと思います。まず、本作は痛快な話にしようというのは執筆前の段階から考えていました。

そして題材を聖女にする、と決めた時からティアのキャラ造形はほぼ出来上がっていました。自分なりの聖女のイメージを踏まえつつ、そんなイメージを壊すような振る舞いもするぐんぐんと前に進んでいく主人公がいいなと思っていました。

そんなティアに振り回される教え子という構図が浮かんでからは、とても楽しく書けたように思います。

そんなティアの下に集まった教え子たちは、逆に色々と悩みを抱えています。

そんな彼女たちも、ティアを始めとした色々な人と触れ合うことで自分が何を望むのか、どうありたいのかを知ります。そうして自分の答えを探していくのでしょう。

そう考えると、先生というのは他人から認められ、先生と呼ばれて初めてなれるものなのかもしれません。

私も先生と呼ばれることが増えましたので、そのように呼んで頂けたことに恥じないように生きていきたいと思います。そして、私の書いた物語が皆様の人生のキッカケや彩り(いろど)となれたのであれば、心より誇らしく思います。

名残惜しくは思いますが、そろそろ筆を置かせて頂きます。

今回、またご一緒に仕事をさせて頂いて素敵なデザインをしてくれたきさらぎゆり先生、製作の相談に乗ってくれた編集様や友人の皆様。心からの感謝をこの場を借りて申し上げます。本当にありがとうございました。

どうぞ、これからもティア先生と、愉快な教え子たちの物語を見てくれたら幸いに思います。それでは、また次のお話でお会い出来ることを祈って。

鴉ぴえろ

お便りはこちらまで
〒一〇二－八一七七
ファンタジア文庫編集部気付
鴉ぴえろ（様）宛
きさらぎゆり（様）宛

聖女先生の魔法は進んでる！1
落ちこぼれの教室

令和６年２月20日　初版発行

著者――鴉ぴえろ

発行者――山下直久

発　行――株式会社KADOKAWA
〒102-8177
東京都千代田区富士見2-13-3
0570-002-301（ナビダイヤル）

印刷所――株式会社暁印刷

製本所――本間製本株式会社

※定価はカバーに表示してあります。
●お問い合わせ
https://www.kadokawa.co.jp/（「お問い合わせ」へお進みください）
※内容によっては、お答えできない場合があります。
※サポートは日本国内のみとさせていただきます。
※Japanese text only

ISBN978-4-04-075229-7 C0193 ◇◇◇